KB045996

최강 찌꺼기 황자의
암약 제위 쟁탈전

최강 찌꺼기 황자의 암약 제위 쟁탈전

무능한 척 연기하는 SS랭크 황자는 황위 계승전을 남몰래 지배한다

탄바

Contents
목차

삽화 · 본문 일러스트 : 유우나기

디자인 : 아츠시 타카히사(atd)

† 암스베르그 용작 가문

500년 정도 전에 대륙을 뒤흔든 마왕을 토벌한 용사의 핏줄. 제국 귀족 중에서 가장 지위가 높은 존재이며 황제에게만 무릎을 꿇는다. 용작 가문 중에서도 재능이 있는 자만이 전설의 성검, 극광(아우로라)을 소환할 수 있다. 제국을 수호하는 것을 자신의 역할로 삼고 있어 기본적으로 정치에 참가하지 않는다.

† 루펠트 렉스 아드라

제10황자. 10세.
아직 어려서 제위 쟁탈전에는 참가하지 않았다. 소심한 성격이다.

† 크리스타 렉스 아드라

제3황녀. 12세.
감정의 거의 드러내지 않고, 아르나 레오처럼 특정한 사람들만 따른다.

† 헨릭 렉스 아드라

제9황자. 16세.
아르노르트를 깔보고 있으며 레오나르트에게는 라이벌 의식을 불태우고 있다.

† 레오나르트 렉스 아드라

제8황자. 18세.

아드라시아 제국의 황제. 열세 명의 아이들에게 제위를 놓고 싸우게 하여 이긴 아이에게 황제의 자리를 물려주려 하고 있다. 광대한 제국을 통치하며 기회가 생기면 영토를 확대해온 명군.

† 아르노르트 렉스 아드라

제7황자. 18세.

† 콘라트 렉스 아드라

제6황자. 21세.
고든과 같은 어머니를 둔 황자. 감정적인 고든의 동생답지 않게 성격은 아르노르트와 비슷하다.

† 카를로스 렉스 아드라

제5황자. 23세.
뛰어나다는 평가를 받은 적도, 무능하다는 평가를 받은 적도 없는 평범한 황자. 하지만 능력과는 달리 꿈에 취해있어 영웅이 되고 싶은 마음을 품고 있다.

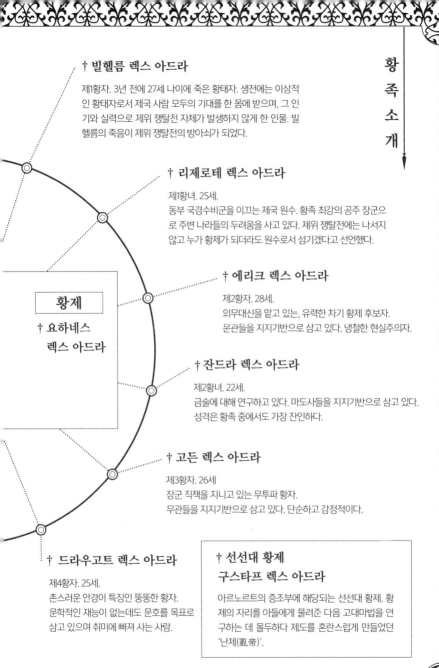

황 족 소 개

† 빌헬름 렉스 아드라

제1황자. 3년 전에 27세 나이에 죽은 황태자. 생전에는 이상적인 황태자로서 제국 사람 모두의 기대를 한 몸에 받으며, 그 인기와 실력으로 제위 쟁탈전 자체가 발생하지 않게 한 인물. 빌헬름의 죽음이 제위 쟁탈전의 방아쇠가 되었다.

† 리제로테 렉스 아드라

제1황녀. 25세.
동부 국경수비군을 이끄는 제국 원수. 황족 최강의 공주 장군으로 주변 나라들의 두려움을 사고 있다. 제위 쟁탈전에는 나서지 않고 누가 황제가 되더라도 원수로서 섬기겠다고 선언했다.

† 에리크 렉스 아드라

제2황자. 28세.
외무대신을 맡고 있는, 유력한 차기 황제 후보자.
문관들을 지지기반으로 삼고 있다. 냉철한 현실주의자.

황제

**† 요하네스
렉스 아드라**

† 잔드라 렉스 아드라

제2황녀. 22세.
금술에 대해 연구하고 있다. 마도사들을 지지기반으로 삼고 있다.
성격은 황족 중에서도 가장 잔인하다.

† 고든 렉스 아드라

제3황자. 26세.
장군 직책을 지니고 있는 무투파 황자.
무관들을 지지기반으로 삼고 있다. 단순하고 감정적이다.

† 드라우고트 렉스 아드라

제4황자. 25세.
촌스러운 안경이 특징인 뚱뚱한 황자.
문학적인 재능이 없는데도 문호를 목표로 삼고 있으며 취미에 빠져 사는 사람.

**† 선선대 황제
구스타프 렉스 아드라**

아르노르트의 증조부에 해당되는 선선대 황제. 황제의 자리를 아들에게 물려준 다음 고대마법을 연구하는 데 몰두하다 제도를 혼란스럽게 만들었던 '난제(亂帝)'.

최강 찌꺼기 황자의
암약 제위 쟁탈전

무능한 척 연기하는 SS랭크 황자는 황위 계승전을 **남몰래** 지배한다

❧ 프롤로그

포겔 대륙 중앙부를 지배하는 아드라시아 제국. 대륙 삼강 중 하나로 손꼽히는 강국이며 황금 독수리를 상징으로 내걸고 있다. 그 나라의 제도, 빌트는 오늘도 활기가 넘치고 있었다.

그런 제도에 있는 모험가 길드에 거물이 모습을 드러냈다.

"장난 아닌데……, 진짜라고……."

"이봐, 게다가 저 뿔은 킹 미노타우로스의 뿔이잖아……."

"말도 안 돼……, AAA급 레어 몬스터라고……, 혼자서 쓰러뜨린 건가……?"

사람들이 속삭이고 있는 것은 놀라움을 나타내는 말뿐. 주목을 모으고 있는 것은 커다란 뿔을 질질 끌고 온 새까만 마도사. 온몸을 길고 까만 로브로 감싸고 있었지만, 유일하게 얼굴에는 특이한 은가면을 쓰고 있었다.

이미 그 모습에 익숙한 접수처 아가씨는 놀라지도 않고 태연하게 대응했다.

"고생 많으셨습니다. 실버 씨. 이게 이번 보수입니다."

SS급 모험가, 실버. 내 가명을 부른 접수처 아가씨는 평소처럼 미소를 지으며 보수를 내밀었다. 그곳에 있던 모험가들이 본 적도 없을 정도로 많은 금화를 아무렇지도 않게 내주었다.

당연하다. 킹 미노타우로스는 모험가 길드가 많은 현상금을 걸며 개체 지정한 몬스터기 때문이다.

얼마 전까지는 제국 영지에 존재하지 않았던 몬스터지만, 이웃 나라에서 A급 모험가들이 대규모 파티를 짜서 도전했지만 토벌에 실패. 이후 제국 영지로 넘어와 버렸다. 그래서 '내'가 토벌한 것이다.

"고마워. 항상 신세를 지는군."

"아뇨, 저희야말로 덕분에 살았죠. 대륙에 다섯 명밖에 없는 SS급 모험가 실버 씨가 저희 제국 지부에 계시니 든든하거든요!"

갈색 머리카락 접수처 아가씨가 그렇게 말하며 미소를 지었다.

그 모습을 본 나는 쓴웃음을 지으며 금화 몇 개를 내려놓고 길드 입구 쪽으로 향했다.

"저기······? 실버 씨. 이건?"

"여기 있는 모두에게 내가 대접하는 거야. 술이라도 한잔 하라고. 대신 고난도 의뢰가 들어오면 내게 또 우선적으로 넘겨줬으면 하는데."

"아, 네! 알겠습니다!"

접수처 아가씨는 기뻐하며 금화를 집었다. 길드 안에 있던 모험가들은 그녀보다 더 기뻐하며 떠들기 시작했다.

나는 고난이도 의뢰만 받는 모험가다. 그렇기 때문에 길드도 고난이도 의뢰는 내게 우선적으로 넘겨준다. 하지만 그걸 탐탁지 않아 하는 모험가들도 있다. 이렇게 적당히 비위를 맞춰주는 것도 중요하다. 나도 자유롭게 움직일 수 있는 신분이 아니니까.

그런 생각을 하면서 나는 재빨리 길드를 떠난 다음, 단골 여관으로 향했다.

그곳에서 은가면과 검은 로브를 벗고 옷을 상류 계급들이 자주 입을 만한 옷으로 갈아입었다. 이럴 때는 신경을 꽤 많이 쓰는 편이다.

"아무리 그래도 황자가 모험가라는 걸 들키면 큰일이 나니까."

"자각하고 계신다면 자중해 주십시오. 아르노르트 황자님."

소리 없이 나타나서 내 이름을 부른 사람은 어머니 대부터 모셔온 집사인 세바스찬이다. 금발 노인에 예순 살이 넘었지만, 등을 쭉 펴고 있어 집사복도 멋지게 어울린다.

소리 없이 나타난 것을 봐도 알 수 있듯이, 집사 일이 아닌 다른 실력도 터무니없을 정도인 영감님이다.

그리고 이 집사가 말한 대로 내 이름은 아르노르트 렉스 아드라. 이 제국의 제7황자다.

"소리 없이 나타나지 말라고 몇 번이고 말했잖아? 세바스."

"습관이니 너그럽게 봐주십시오."

"그리고 잔소리도 듣고 싶지 않아. 찌꺼기 황자가 무슨 짓을 하더라도 내 마음 아니야?"

내게는 쌍둥이 동생이 있다. 뛰어난 무용(武勇)에, 두뇌 명석. 성격까지 좋다. 뭘 시키더라도 금방 일류에 도달하는 천재이기도 하다. 똑같이 생겼는데도 품위가 있다거나, 아름답다거나, 그쪽은 그렇게 칭찬만 받는데, 나는 패기가 없다거나, 이목구비가 별로라는 말이나 듣곤 한다. 구혼자도 끝없이 몰려든다고 하니 내

동생이지만 열받는다.

　한편, 나는 무능하고 무기력하고 글러먹은 황자. 어렸을 때부터 놀기만 했고, 그렇게 방탕하게 지내나 보니 내 가정교사를 맡았던 수많은 인재들이 두손 두발 다 들었다. 그런 평판은 곧바로 제도 전체, 그리고 제국 전체로 퍼져나가서 붙은 별명이 동생에게 좋은 부분을 다 빨아먹힌 '찌꺼기 황자'다. 지금도 성에 있는 많은 사람들이 깔보는 듯한 시선으로 바라보며 험담을 마구 해대고 있다.

　누구도 기대하지 않고, 황족이면서도 밑바닥. 그것이 황자로서의 나다.

　"그런 소인배들이나 하는 소리는 신경 쓰지 마십시오. 다들 당신의 힘을 몰라서 그러는 것이니."

　"신경 안 써. 그냥 그런 취급을 당하고 있다는 거지. 황자로서의 의무가 어쩌고저쩌고 잔소리를 들을 이유가 없다는 말이야."

　내가 그런 식으로 행동하고 있으니 비열한 변명이라고 할 수도 있겠다. 하지만 이런 변명 덕분에 나는 자유롭게, 마음대로 살아갈 수 있다. 하지만.

　"무슨 말씀이신지는 알겠습니다만, 그렇게 말씀하시고 있을 상황이 아니게 되었습니다. 바로 성으로 돌아와 주십시오."

　"……무슨 일이 생겼는데?"

　"도미니크 장군께서 돌아가셨습니다."

　"그 노장군이?"

제도 수비대의 명예 장군이다. 이미 은퇴한 사람이고, 특별히 뛰어난 전공을 세우지는 않았지만, 50년 이상 전선에서 싸우며 살아남은 사람이다. 그 공로로 제도 수비대의 명예 장군에 임명받고 직언 담당자 같은 입장에 있었다. 나이가 많이 들었고 심장에 병도 앓고 있었지만, 갑자기 죽을 만한 증상은 보이지 않았을 텐데. 암살이라는 두 글자가 머릿속을 스쳐갔다.

"그 '세 명' 중 누군가인가⋯⋯."

"자세한 상황은 알 수가 없습니다. 하지만 범인이 밝혀지진 않겠지요."

둘러 말하는 성격이 아니라 적을 많이 만든 사람이긴 했지만, 암살당했다면 원인은 하나밖에 없다.

도미니크 장군은 최근에 제위 쟁탈전에 뛰어들었다. 황자나 황녀들에게 당당하게 지적하곤 하던 사람이었지만, 황자 한 명만은 마음에 들어하며 편애하기 시작한 것이다.

그리고 그 사실을 위험하다고 본 자들, 다시 말해 제위 쟁탈전에서 선두를 달리고 있던 자들에게 암살당했다. 그런 거겠지. 어차피 명예 장군이다. 제국에 실질적인 피해는 없다. 병사(病死)로 처리될 것이다. 대미지를 입은 건 아군을 잃은 황자뿐이다.

그 황자의 이름은 제8황자, 레오나르트 렉스 아드라. 내 쌍둥이 동생이다.

"레오는 자연스럽게 아군을 만들곤 하니까⋯⋯, 딱히 제위에 오를 생각으로 세력을 만든 건 아니었겠지만⋯⋯."

"세력으로 간주된 것 자체가 문제입니다. 이번 사건으로 인해 제위를 노리는 분들께서 레오나르트 황자님을 '적'으로 인식하셨겠지요."

세바스가 한 말을 듣고 나는 한숨을 쉬었다. 제위 쟁탈전을 벌이는 제위 계승자 중에서 유력한 사람은 세 명. 제2황자, 제2황녀, 제3황자다.

이 세 사람은 각자 세력을 지니고 있고, 이 세 사람 중 누군가가 제위에 오를 가능성이 매우 높다.

그리고 다른 제위 계승자들에게는 두 가지 길이 있다. 한 가지는 그쪽의 아군으로 붙거나, 적어도 중립을 유지하는 것. 다른 한 가지는 그들을 적대시하며 제위를 노리는 것.

후자를 선택하고 질 경우, 세 사람의 성격상 잘 해봐야 추방, 자칫하다가는 사형이다. 그 처벌은 관계자에게도 내려질 것이다. 레오 같은 경우에는 우리 친어머니나 내가 관계자에 해당된다.

그리고 레오는 본의 아니게 후자를 선택하는 형태가 되었다. 이제 와서 누군가에게 붙거나 중립 선언을 해봤자 의미가 없을 것이다. 이렇게 된 이상 어쩔 수 없다.

"레오를 황제로 만들 수밖에 없나……."

"본인께서 황제가 되시는 길은 없습니까……?"

"내가 무슨 황제야. 귀찮은 건 전부 동생에게 떠넘겼던 남자잖아? 이번에도 그렇게 해야지."

제멋대로 사는 모험가 라이프를 즐기고 싶었지만, 이대로 가다

간 사형 일직선이다. 귀찮기 짝이 없지만 어쩔 수 없지. 동생을 위해서 암약해야겠다.

■ ■ ■

제도의 중앙에 있는 검과 같은 성, 제검성으로 돌아온 나는 곧바로 레오나르트의 방으로 향하고 있었다. 그런데 가던 도중에 대신과 귀족 몇 명과 딱 마주쳐 버렸다.

"아, 아르노르트 황자님. 오늘도 건강해 보이십니다."

"덕분에 말이지."

"네, 아르노르트 황자님께서는 날마다 마음이 편해 보이셔서 부럽습니다. 그에 비해 레오나르트 황자님은 날마다 이것저것 배우시느라 바쁘시다죠."

"그 녀석은 나와 달리 잘났거든."

"정말 그렇지요! 세 형제자매분에 이어서 제위 쟁탈전에도 참가하실 예정이라고요. 아르노르트 황자님께서도 지고 계실 순 없겠지요."

"이보게, 레오나르트 황자님과 비교하면 너무 가엾지 않은가! 아르노르트 황자님과 레오나르트 황자님은 쌍둥이라 해도 재능 차이가 있으니!"

"오오! 그랬지, 그랬어. 실례했습니다."

"신경 쓰지 마. 전부 사실이니까."

나는 그렇게 말하고 그 녀석들 옆을 지나쳤다. 공손하게 고개를 숙이고 있긴 하지만, 모두가 나를 바보 취급하고 있다. 은근슬쩍 무례한 말을 하는 것도 내가 황제에게 고자질을 하시 않을 것이고, 해봤자 들어주지 않을 것이라는 사실을 알고 있기 때문이다. 황족 중에서 나만은 황족 취급을 받지 못한다. 지방의 귀족이라면 모를까, 제도에 있는 귀족이나 대신들은 진심으로 나를 얕보고 있다.

뭐, 내가 그런 식으로 행동하기 때문이긴 하지만. 말과 행동을 바꾸지 않는 건 그래도 상관없다고 생각하기 때문이다. 아무도 나를 신경 쓰지 않기 때문에 실버로서 활동할 수 있고, 마음대로 돌아다닐 수 있는 것이다. 황자 신분에서 마음대로 돌아다니려면 이런 입장에 있어야만 하니까. 그런 생각을 하며 나는 레오의 방에 도착했다.

"들어간다~."

"형……."

노크도 하지 않고 방에 들어가자 레오가 의자에 앉아 축 늘어져 있었다. 나이는 열여덟. 당연히 나와 동갑이지만, 차분한 분위기 때문인지 레오를 연상으로 보는 경우도 많다.

외모는 완전히 똑같이 생겼지만, 레오는 머리카락을 단정하게 다듬은 것에 비해, 내 머리카락은 부스스하다. 옷도 레오는 잘 차려입었지만, 나는 대충 걸쳐입었다. 레오는 등을 쭉 펴고 있지만 나는 약간 움츠리고 있다. 이 차이 때문인지 나이가 좀 든 이후로는 착각하는 사람들이 없어졌다. 그런 쌍둥이 동생 레오는 매우 초췌해진 상태였다.

나와 똑같이 생긴 얼굴이 침울해하는 걸 보니 좀 우울해지네.

"이야기는 들었어. 그 영감님이 죽었다면서."

"응······."

"아마 암살당했을 거라고?"

"······아마도."

아무리 그래도 형이나 누나가 암살하진 않았을 것이다. 그런 애송이 같은 말은 안 하는구나. 상황을 생각해 보면 암살되었을 가능성이 가장 크다.

"어떻게 할 건데?"

"······나는 가족들끼리 싸우고 싶지 않아."

"그럴 줄 알았지."

레오는 제위를 노릴 생각이 전혀 없었다. 하지만 레오의 인품에 이끌린 주위 사람들이 그럴 생각을 하고 있었던 것뿐이다. 그런 사람들 중에서 가장 앞서 나가던 사람이 도미니크였다. 레오는 방금 말했듯이 가족들끼리 제위를 놓고 싸우는 것에 부정적이었던 것이다. 하지만 재능이 뛰어나고 인격도 훌륭한 레오는 본인의 의지와는 상관없이 제2황자, 제2황녀, 제3황자에 이어 제4세력이 되어가고 있었다.

그렇기 때문에 부추기던 사람을 암살했다. 하지만 그렇다고 해서 레오가 무사히 끝나진 않을 것이다. 세 사람 중 누가 황제가

되더라도 기다리고 있는 것은 어두운 미래뿐이다.

그 미래가 싫다고 해서 나나 레오는 도망칠 수가 없다. 후궁에 있는 어머니를 두고 갈 순 없기 때문이다. 황족으로서의 책무를 포기하고 도망친다 해도 추격해올 것은 분명. 황제의 여자인 후궁까지 데리고 가면 국가적인 추격을 당하게 된다. 아마 내가 온 힘을 다한다 해도 꽤 힘든 도피행이 될 것이다. 그렇기 때문에 우리가 갈 길은 한 가지밖에 없다.

"넌 이미 적으로 인식되고 있어. 제위 쟁탈전에 참가하지 않는다면 기다리고 있는 건 죽음뿐. 그리고 그건 나나 어머님도 마찬가지야."

"응……, 나도 알아……, 미안해."

"사과하지 마. 그런 건 됐고 방침을 내놔."

"……제위 쟁탈전에 참가할 수밖에 없지."

쓸쓸한 결단을 내린 듯한 표정으로 레오가 말했다. 레오 혼자였다면 아마 목숨이 걸린 문제라 해도 물러났을 것이다. 하지만 주위 사람들까지 다칠 가능성이 레오가 제위를 노리게 만들었다.

결국 그런 녀석이기 때문에 다들 힘을 빌려주고 싶어 하고, 황제로 추대하고 싶어 하는 것이다. 내가 보기에는 황제가 되기에 너무 착한 것 같기도 하지만……, 그런 건 따져봤자 소용없을 것 같다. 이렇게 된 이상 반드시 황제가 되어줘야만 한다.

"나도 작은 힘이나마 보탤게. 너는 일단 아군을 모아서 세력을 만들어. 커지면 저쪽도 손을 댈 수 없으니까."

제위 쟁탈전은 세력 싸움이다. 강한 세력을 가지고 있는 녀석이 이겨서 살아남는다. 세 사람의 세력은 강대하고 인재도 풍부하다. 진짜로 궁지에 몰려서 내가 암살이라는 수단을 쓴다 하더라도 성공할 확률은 크지 않을 것이다. 잘해 봐야 한두 명. 세 명은 힘들다. 들키지 않게끔 하는 암살에서는 할 수 있는 게 제한적이기 때문이다. 마법으로 섬멸하는 것과는 전혀 다르다. 물론 그럴 생각도 없고, 그러고 싶지도 않다.

큰형을 잃고 이런 상황이 되었다. 암살로는 아무것도 해결되지 않고, 분명히 아버님도 레오를 황태자로 삼지 않을 것이다. 암살했다는 사실이 들킨 후보나 거의 확실하다는 의심을 산 후보는 품위와 능력에 문제가 있기에 황제로 어울리지 않는다. 할 거면 철저히. 들키지 않게끔, 의심을 사지 않게끔 할 필요가 있다. 하지만 그건 힘들다. 지금 암살이라는 수단을 쓰면 가장 이득을 많이 보는 사람이 레오이기 때문이다. 그렇기 때문에 나는 암살이라는 방법을 쓰지 않는다.

"응……, 형은?"

"나는 나름대로 아군을 찾아볼게. 하지만 너무 기대하지 마. 유력한 대신이나 귀족들은 기본적으로 그 세 사람 파벌에 소속되어 있으니까."

"나도 알아……, 고마워, 형. 나보다 형이 더 황제에 어울릴 것 같은데……."

"바보 같은 소리 하지 마. 황제 같은 게 되면 놀면서 살 수가 없잖아. 나는 미인 부인을 얻고 놀면서 산다는 인생 계획이 있다고. 그러기 위해서 너는 어떻게든 황제가 되어줘야 하고!"

자신만 생각하는 듯한 말을 하면서 나는 레오의 어깨를 두드렸다. 레오가 몸을 조금씩 떨고 있었다.

뭐, 어쩔 수 없겠지. 우수한 레오가 보기에도 그 세 사람은 괴물이니까. 능력만 보면 누가 황제가 된다 해도 제국은 문제가 없다 할 수 있다. 당연히 세력도 강대하다. 하지만 아무리 강대하다 해도 무적은 아니다. 세 사람이 싸움을 벌이고 있는 상황이기 때문에 레오에게도 기회가 있다.

"일단 아군을 늘리고 아버님께 인정을 받는 것부터 시작하자."

"그래. 최종적으로 후계자를 정하는 건 아버님이시니까."

"자, 우리 황제 폐하께 어떻게 인정을 받아볼까."

그렇게 우리 쌍둥이의 제위 쟁탈전이 시작되었다.

➡ 제1장 크라이네르트 공작 가문

1

"SS급 모험가인 실버라는 사실을 밝히시는 건 어떻습니까?"

"안 돼."

내 방으로 돌아온 나는 세바스와 앞날에 대해 의논하고 있었다. 내가 실버라는 사실을 알고 있는 건 세바스뿐이다. 정체를 드러내는 것에 이익이 있긴 하다. 하지만 그와 동시에 손해도 있다.

"증조부께서는 고대마법에 몰두하다가 나중에는 제정신을 잃어버리셨어. 그 이후로 황족 사이에서 고대마법은 금기라고. 그리고 내가 사용하는 건 그 고대마법이지. 황제를 목표로 삼고 있는 레오에게 그런 녀석과 쌍둥이라는 사실이 바람직하지는 않을 거야."

"하지만 실버에게는 실적과 명예가 있습니다. 제국 사상 최고의 모험가라는 말도 듣고 있지요. 레오나르트 황자에게 도움이 되지 않을까요?"

"아직 일러. 그건 정말 어떻게 해볼 수가 없게 되었을 때 쓸 최후의 수단이야. 레오가 황제를 목표로 삼은 이상, 나는 한동안 무능한 황자로 있는 게 더 편할 테니까."

"허나……."

"그러는 게 내가 움직이기 더 편하거든."

"……그러시다면 더 이상 말씀드리진 않겠습니다. 그런데 어떻게 하실 생각이십니까? 당신께서 정체를 밝히지 않으신다면 쓸만한 방법이 거의 없습니다만."

세바스가 묻자 나는 턱에 손을 가져다 댔다. 그게 가장 큰 문제다. 레오의 파벌은 약소하다. 그걸 재빠르게 키우려면 유력자를 끌어들이는 수밖에 없다.

"세바스. 공작 가문 중에 제위 쟁탈전에 관여하지 않는 가문이 있나?"

"제위 쟁탈전에 일절 참가하지 않은 곳은 한 군데뿐입니다."

"그 가문이 어디지?"

"크라이네르트 공작 가문입니다."

꽤 명문이 튀어나왔구나. 공작 가문이란 황족의 친척, 또는 혈연 관계인 가문이다. 제위에 오르지는 못했지만, 우수하다고 판단된 황제의 형제들이 공작 작위를 받게 된다. 매우 뛰어난 공적을 남긴 자가 공작 작위를 받는 경우도 있긴 하지만, 그럴 경우에도 황족을 반려자로 받게 되기 때문에 황족의 친척이라고 생각해도 문제는 없다.

그런 공작 가문에게도 제위 쟁탈전은 중요한 이벤트다. 다음 황제에게 빚을 만들어 두면 얻는 것도 엄청나다. 그렇기 때문에 어떤 공작 가문이라 해도 후계자 후보에게 조금은 접근하기 마련이다. 전혀 그러지 않는다면 그보다 더 큰 문제가 있기 때문이다.

"이런 시기에 아무것도 하지 않는다니, 뭔가 고민거리가 있나

본데?"

"그렇습니다. 영지 안에 악질적인 몬스터가 나온 모양인지 모험가들에게 부탁했는데도 해결의 실마리조차 잡지 못하고 있다고 합니다."

모험가 길드는 대륙 전토에 지부를 두고 있다. 제국에도 많은 지부가 있긴 하지만, 지부마다 실력은 천차만별이다. 제국의 지부는 제도 이외에는 수준이 별로 높지 않다. 제도 지부도 내가 평균을 끌어올리고 있을 뿐이고 다른 지부보다 조금 나은 정도다. 그 이유는 제국이 몬스터가 별로 없는 곳이기 때문이다. 몬스터가 없으니 수요도 없다. 강한 모험가들은 몬스터가 더 많은 곳으로 옮겨간다.

그 때문에 제국은 몬스터가 한 번 발생하면 해결하는 데 시간이 오래 걸리는 경향이 있다. 외부의 실력있는 모험가를 데리고 오려면 돈이 많이 들기 때문이다.

"내가 가서 해결할까."

"좋은 생각인 것 같긴 합니다만, 어떻게 실버와 레오나르트 황자님을 이어주실 겁니까?"

"레오에게 부탁받았다고 하면 되겠지. 레오에게는 나중에 잘 설명할 거고. 문제는 없어."

"제도에서 움직이지 않는 SS급 모험가를 움직였다는 소문이 나면 레오나르트 황자님에 대한 경계가 더 강해질 겁니다. 그리되면 아르노르트 황자님과 실버의 관계도 들통날지 모릅니다만."

"경계하게 만들어도 돼. 실버와 관계가 있다고 하면 함부로 손을 댈 순 없을 테니까. 실버의 정체도 문제가 없어. 나만 조심하면 되니까."

"자신이 있으시다면 말리진 않겠습니다. 하지만 공표하는 것과 들통나는 것은 천지차이라는 점만은 잊지 말아주십시오."

"나도 알아. 그럼 크라이네르트 공작에게 잠깐 다녀올까."

나는 그렇게 말하고 익숙한 솜씨로 실버로 변장한 다음, 세바스에게 뒷일을 부탁하고 전이를 준비했다. 이미 사라진 고대마법 문명 시대의 마법. 고대마법이라 불리는 그것은 현대마법과 비교하면 다루기가 까다롭고, 소질에 영향을 많이 받는 마법이라 할 수 있다. 하지만 효과는 절대적이다.

내 전이마법 효과 범위는 거의 제국 전토에 달한다. 다시 말해 내게 제국은 앞마당이나 마찬가지다. 마음대로 갔다가 마음대로 돌아올 수 있다. 그 대가로 터무니없이 많은 마력이 들지만, 그건 어쩔 수 없다.

그런 대마법을 준비하기 시작한 내게 세바스가 진지한 표정으로 충고했다.

"그러고 보니 크라이네르트 공작의 따님이라 한다면 그 유명한 창구희(蒼鷗姬). 절세미녀라 불리는 그 미모에 정신이 팔려서 목적을 잊지 않게끔 주의하십시오."

"세바스. 예전부터 생각한 건데, 잔소리를 안 하면 입에 가시가 돋기라도 해?"

"그게 제 역할이니까요."

"에휴……, 뒷일은 맡길게."

"알겠습니다."

재빨리 전이마법을 완성시킨 나는 제도에서 말로 달려가도 닷새는 걸리는 크라이네르트 공작 영지로 날아갔다.

■ ■ ■

크라이네르트 공작은 제국 서쪽에 광대한 영지를 가지고 있다. 그 영지의 중심이자 영주가 살고 있는 도시, '영도'로 날아간 나는 곧바로 공작의 저택을 찾아갔는데.

"SS급 모험가 실버다. 공작을 만나고 싶은데."

"네가 그 실버라고? 농담하지 마라. 그런 거물이 온다면 모험가 길드에서 며칠 전에 연락이 온다고. 장난 말고 돌아가시지."

젊은 금발 문지기가 그렇게 말하며 막아섰다. 이 녀석, 통구이로 만들어 줄까 하는 생각이 들었지만, 그런 짓을 하면 일부러 여기까지 온 의미가 없어진다.

나는 짜증 나는 마음을 억누르면서 모험가의 신분증 역할도 하는 모험가 카드를 꺼냈다.

여기에는 모험가의 이름과 랭크, 기타 사항들이 적혀 있다. 길드의 비술로 만들었기 때문에 이 카드는 위조할 수가 없다. 이걸 보면.

"카드 같은 건 보여주지 않아도 돼. 어서 돌아가! 지금은 바쁘다고!"

"뭐?!"

문지기는 쳐다보지도 않고 나를 내쫓았다. 그 태도 때문에 나는 표정이 굳었지만, 그와 동시에 좋은 기회라고 느끼고 있었다. 애초에 도와주고 빚을 지게 만들 생각이었지만, 이런 전개가 된다면 더 큰 빚을 지게 만들 방법도 있지.

"나는 레오나르트 황자가 일부러 부탁해서 온 거다만……, 그 황자는 사람이 너무 좋은 것 같군. 공작에게 전해라. 나와 황자의 체면을 짓밟았다고 말이야."

"전할 리가 없잖아! 자, 어서 가!"

문지기는 처음부터 끝까지 거만한 태도였다. 크라이네르트 공작이 명문이긴 하다. 그 역사는 어지간한 귀족이라면 발치에 미치지도 못한다. 그런 명문의 저택 문을 이런 녀석이 지키고 있다니. 몬스터 때문에 일손이 부족해서 그런 건지도 모르겠다.

정말 바보 같은 상황이다. SS급 모험가를 지정해서 의뢰를 내려면 제국 통화 중 최고 단위인 제국 홍화(虹貨)가 세 개나 든다.

제국 통화는 제국뿐만이 아니라 대륙 전토에서 유통되는 화폐다. 가장 가치가 낮은 제국 동화부터 시작해서 그 열 배인 제국 적동화, 그 열 배인 제국 은화, 그렇게 열 배씩마다 바뀐다. 순서대로 따지면 동화, 적동화, 은화, 백은화, 금화, 백금화, 홍화, 이런 식이다.

제국 백성들의 일반적인 월 수입은 백은화 7~8개. 백성들 사이에서 유통되는 것은 잘해봐야 금화까지다. 최고 단위인 홍화 같은 걸 백성이 볼 기회는 거의 없다. 그런 게 세 개나 필요한 것이 SS급 모험가라는 존재다. 아무리 공작이라 해도 의뢰를 쉽게 할 수 있는 상대가 아니라는 뜻이다.

뭐, 거의 이 녀석 책임이긴 하지만, 가신의 실수는 공작의 실수나 마찬가지다. 공작이 불쌍하긴 하지만, 한껏 허둥대 줘야겠다. 가면 너머로 타산적인 미소를 짓고 있자니 저택 2층 창문에 소녀의 모습이 살짝 보였다.

금빛 머리카락에 푸른 눈을 지닌 소녀는 멀리서 봐도 매우 아름다웠다. 그 모습을 본 적이 있었다.

2년 전, 황제가 나라의 세공사들에게 새 모양으로 머리장식을 만들라고 명령했다. 그리고 그중에서 멋진 푸른색 갈매기 모양으로 만든 머리장식이 황제의 눈에 들었다.

그것을 매우 마음에 들어한 황제가 나라에서 제일가는 미녀만이 어울린다고 하며 나라 전체의 미녀를 제도로 모았다. 그 당시, 열네 살이라는 어린 나이에도 절세미녀로 뽑힌 것이 크라이네르트 공작의 딸인 피네 폰 크라이네르트였다. 푸른 갈매기 머리장식을 선물받은 그녀는 창구희라 불리며 이 나라 모든 남자들이 동경하는 대상이 되었다.

2년이 지나서 더욱 아름다워진 것 같지만.

"아름답지만, 세바스가 말한 대로 한눈팔 상황이 아니니까."

세바스의 잔소리를 떠올린 나는 아쉬워하며 그곳을 떠난 다음 다시 전이마법을 사용해서 제도로 돌아왔다.

"……일찍 돌아오셨군요."

"할 일은 확실히 했어! 크라이네르트 공작 영지로 가자. 준비해."

"……방금 다녀오신 거 아닙니까?"

"실버는 말이지. 이번에 갈 사람은 아르노르트 황자야. 훗, 이제 공작은 레오에게 울면서 애원할 수밖에 없겠지. 이미 아군으로 끌어들인 거나 마찬가지라고."

"악당 같은 미소를 짓고 계십니다만."

나는 세바스가 한 말을 무시하고 여행을 떠날 준비를 하기 시작했다. 콧노래를 흥얼거리며 준비하는 나를 보고 세바스는 어이가 없다는 듯이 한숨을 쉬면서도 나와 마찬가지로 준비하기 시작했다. 그리고 우리는 그곳에서 말을 타고 닷새에 걸쳐서 다시 크라이네르트 공작 영지에 들어섰다.

■ ■ ■

크라이네르트 공작 영도에 도착한 뒤 저택으로 가자 크라이네르트 공작이 직접 맞이해 주었다. 당연하지. 그렇게 만들기 위해서 일부러 파발마를 먼저 보내서 내가 간다는 사실을 알렸으니까. 하지만 크라이네르트 공작이 그렇게 직접 맞이해 준 것은 황족 체면을 살려주기 위해서다. 다른 공작이라면 이 정도까지 해주진 않는다.

나는 제위 쟁탈전에 참가하지도 않았고, 평판도 매우 안 좋다. 놀기만 하는 방탕황자. 동생에게 모든 것을 빼앗긴 찌꺼기 황자. 이런 녀석을 황자라는 이유만으로 정중하게 맞이해준 것은 그만큼 크라이네르트 공작이 예의를 중시하기 때문일 것이다.

"황자 전하. 오랜만에 뵙습니다."

"오랜만이군, 크라이네르트 공작. 언제 마지막으로 봤었지?"

"전하께서 열 살 생신을 맞이하셨을 때 마지막으로 뵈었습니다."

잘 다듬은 금발과 똑같은 색의 수염을 기른 중년 남자. 엘마 폰 크라이네르트 공작이다. 젊은 나이에 공작 작위를 이어받은 뒤 영지를 수십 년 동안 다스린 영주이자 너그러운 성격으로 백성들은 물론, 귀족들 사이에서도 평판이 좋다. 현재 황제도 신뢰하고 있는 공작 중 한 명이다.

"그렇게 오래 되었나? 나는 제도 밖으로 거의 나가질 않으니까. 나도 모르게 영지에 있는 공작들과는 소원해지는군. 용서해 주었으면 하네."

"무슨 말씀을 그렇게 하십니까. 영지에만 머무르며 제도에 들르지 못한 제 잘못이지요."

나와 공작은 형식적인 이야기를 하면서 저택으로 들어갔다. 주위에 측근들이 따라붙었지만, 객실로 들어가자 공작과 나, 세바스만 남았다.

"자, 공작. 시간이 별로 없어. 용건을 말하도록 하지."

"네, 전하. 이번에는 저희 영지에 무슨 일로 오셨는지요?"

"무슨 일이라, 공작도 참 심술궂군그래. 물론 대가 이야기지."

"대가 말입니까?"

"내 동생인 레오나르트가 그런 걸 원하는 건 아니지만, 제위 쟁탈전이 한창이니 그런 말을 할 상황이 아니거든. 그래서 내가 재촉하러 온 거야. 크라이네르트 공작, 은혜를 입었다고 생각한다면 레오에게 힘을 빌려주게나."

"자, 잠깐만 기다려 주십시오. 은혜라니요?"

"……공작. 모르는 척하면서 둘러댈 셈인가?"

상황을 전혀 이해하지 못한 크라이네르트 공작은 당황한 표정을 짓고 있었다. 실버를 보낸 우리와 실버가 왔다는 사실을 알지 못하는 공작 사이에서 이야기가 통할 리가 없기 때문이다. 그런 건 이미 알고 있다. 알고 있긴 하지만, 곧바로 인식에 차이가 있다는 사실에 도달하게 되면 문제가 가벼워진다.

"당신은 황제 폐하는 물론이고 많은 사람들이 신뢰하는 공작이야. 그 사실을 알고 있기 때문에 레오가 선의로 움직였는데, 그에 대한 보답이 이런 식이라니, 대체 무슨 속셈이지?"

"아르노르트 전하. 저는 정말 모르겠습니다. 드릴 말씀이 없습니다만, 레오나르트 전하께서는 저를 포함해서 저희 공작 가문에 뭔가 해주신 게 없습니다."

"뭐라고오?"

내가 더 이상 참을 수가 없다는 듯이 한 발짝 앞으로 나섰다.

그 때를 기다리고 있던 세바스가 절묘한 타이밍에 나를 말렸다.

"전하. 보아하니 공작께서는 정말 아무것도 모르시는 것 같습니다."

"모른다고 해서 끝날 일인가?! 레오가 일부러 SS급 모험가를 움직였는데?! 게다가 제위 쟁탈전에 휘말려서 자기가 가장 힘들 때 말이야! 그렇기 때문에 실버도 움직여준 거고!"

"시, 실버라면 그 실버 말입니까?"

"그래! 맞아! 레오는 당신이 영지에 나타난 몬스터 때문에 곤란해한다는 이야기를 듣고 직접 편지를 써서 실버에게 가서 공작을 도와달라고 요청했다. 그리고 실버도 곧바로 대처하겠다고 대답했지. 실버는 고대마법 사용자다. 실전된 전이마법도 쓴다고 들었고. 오지 않았을 리가 없어!"

"그, 그게 사실입니까?!"

"내가 거짓말을 하고 있다고 할 셈인가?!"

나는 격노한 듯한 연기를 하면서 세바스에게 눈짓을 했다. 알겠다는 듯이 세바스가 다시 끼어들었다.

"전하. 그렇게 너무 화만 내시면 아니 됩니다. 공작을 보시면 거짓말을 하지 않는다는 걸 눈치채셨겠지요. 무슨 일이 있었을지도 모릅니다. 공작께 조사할 시간을 주시는 게 어떻겠습니까?"

"조사할 시간? 조사해 보고 아무것도 알아내지 못한다면 어쩔 게냐?"

"그때는 실버에게 직접 물어보면 될 것 같습니다. 레오나르트 전하께서 부르시면 실버도 모습을 드러낼 테니까요."

"흥! 세바스가 이렇게 말하니 시간을 주마. 허나, 뭔가 숨기려고 한다면 어떻게 되는지 알고 있겠지? 실버에게 직접 이야기를 들으러 가겠다. 그 결과, 당신들에게 문제가 있다면 앞으로 모험가들은 일절 당신의 영지에 오지 않게 될 거라고."

"……알겠습니다. 바로 가문 사람들을 불러서 정보를 모으도록 하겠습니다. 잠시만 기다려 주십시오."

크라이네르트 공작은 급하게 방을 나섰다. 공작도 제위 쟁탈전에 직접 뛰어든 것도 아닌 내 말만 듣고 동요하진 않았겠지만, 문제는 실버가 관련되어 있다는 것이다.

SS급 모험가는 대륙에 다섯 명밖에 없는 몬스터 퇴치 분야의 최고봉이라 할 수 있는 인재다. 돈만 많이 준다고 해서 움직이는 자들도 아니고, 모험가들의 우두머리라고 해도 과언이 아니다. 그런 실버의 얼굴에 먹칠을 한다면 모험가들이 오지 않게 된다. 실버조차 그런 취급을 받는 곳에 다른 모험가들이 올 리가 없는 것이다.

"잘 풀렸군."

"악당 같은 작전이군요. 거의 자작극이나 마찬가지잖습니까."

"자작극이라니, 말이 심한데. 실버를 내쫓은 건 이 가문 사람이야. 나는 그 상처를 벌리기만 했을 뿐이지, 상처를 낸 건 내가 아니라고."

"쫓겨났다면 숨어들면 되지 않습니까. 좋은 기회로 보고 일부러 물러나신 거겠지요? 게다가 레오나르트 전하의 온화한 성품이 돋보이게끔 일부러 거만하게 행동하셨고요. 정말 대단한 책사시로군요."

"그게 내 역할이야. 레오는 사람이 너무 좋거든. 너무 깨끗한 물에 살 수 있는 물고기는 별로 없어. 물을 더럽히는 녀석도 필요하단 말이지."

"그게 자신의 역할이라고 정하셨다면 말리진 않겠지만, 손해만 보실 텐데요."

"상관없어. 지금 필요한 건 레오의 평판이야. 내 평판이 아무리 떨어진다 해도 신경 쓸 필요는 없지."

"전 신경 씁니다. 당신의 어머님이나 레오나르트 전하께서도."

"세 명이나 신경 써주니 충분하네."

그런 이야기를 하고 있자니 공작이 크게 화를 내는 목소리가 들렸다.

"이 바보 같은 아들 녀석이!! 우리 가문을 멸망시킬 셈이냐?!"

보아하니 공작의 정보수집이 끝난 모양이다. 자, 이제 어떻게 나갈까.

2

"정말 드릴 말씀이 없습니다!"

크라이네르트 공작은 그렇게 말하며 고개를 숙였다. 그 옆에서는 문지기였던 금발 청년도 고개를 숙이고 있었다. 하지만 억지로 끌려와서 아직 상황을 제대로 파악하지 못한 모양인지 불만스러워 보였다. 이런 상황에서 불만스러운 마음을 드러내다니, 배짱도 참 좋다.

"공작. 사과는 됐으니 어떻게 된 일인지 말해 보시지?"

"네, 네…… . 실은 닷새 전에 실버가 찾아왔다고 합니다만, 이 바보 아들 녀석이 확인하지도 않고 내쫓았다는 모양이라…… ."

"내쫓았다고……?"

"그래도, 아버님! SS급 모험가가 갑자기 우리에게 올 일이 있어? 보통은 가짜라고 생각하잖아?"

"너는 입 다물고 있어라! 바보 같은 아들 같으니! 별다른 도움이 안 되니 내가 몬스터를 토벌하러 나간 동안 문지기나 맡겼거늘! 그것조차 제대로 하지 못하다니!"

"그, 그래도 아버님이 말했잖아…… . 피네를 만나러 오는 남자를 내쫓는 게 내 일이라고…… ."

"SS급 모험가를 내쫓으라고 한 적은 없다! 실버의 모험가 카드를 확인했다면 문제가 없었을 텐데?! 어째서 그런 것조차 못하는 게냐?!"

"그, 그건…… ."

아들이 이리저리 눈을 굴렸다. 저건 거짓말을 할지 말지 망설이는 눈인데. 바보 같은 녀석은 바로 들통날 거짓말을 한다. 지금 실버가 모험가 카드를 꺼내지 않았다고 거짓말을 하더라도, 나중에 실버에게 확인하면 바로 들통난다.

이럴 경우에는 순수히 고개를 숙이는 게 가장 피해가 적은 법인데.

"공작. 아들에게 잔소리는 나중에 하도록. 이런 말을 하긴 미안하지만, 아들의 실수는 당신의 실수이기도 하니까."

"그, 그건 잘 알고 있습니다! 아르노르트 황자 전하와 레오나르트 황자 전하께 어떻게 사죄를 드려야 할지……."

"사죄라고? 황자가 파견한 SS급 모험가를 내쫓아 놓고 사죄라고?! 그럼 어디 들어보지! 어떻게 사죄할 건가? 체면이 뭉개진 실버는 이제 우리에게 협력하지 않을 거다! 그걸 당신이 어떻게 메꾸겠다는 거지?!"

"그건……, 이 늙은이의 목으로 용서해 주십시오!"

"네놈의 목 같은 건 필요없어! SS급 모험가를 내쫓을 정도로 무능한 아들도 마찬가지다!"

내가 한 말을 듣고 크라이네르트 공작은 절망적인 표정을 지었고, 아들은 탄식을 뱉었다. 이 아버지에게서 용케 이런 아들이 나왔구나. 자신의 목숨으로 대가를 치르지 못하는 이상, 크라이네르트 공작은 다른 것을 내놓을 필요가 있다. 그리고 그것은 공작 가문에게 중요한 것이고, 나나 레오에게 가치가 있는 것이어야만 한다. 다시 말해.

"——그럼 저를 드리겠습니다. 그러니 아버지와 오빠를 용서해 주십시오, 전하."

그렇게 말하며 방에 들어온 사람은 드레스 차림인 피네였다. 가까운 곳에서 보니 그 이름다움에 경탄을 금치 못했다. 이런 상황인데도 피네에게서 눈을 돌릴 수가 없었다.

긴 금발은 살짝 파도치고 있고, 빛을 반사하며 희미하게 빛나고 있었다. 바다처럼 깊은 푸른색 눈동자는 부드러워서 모든 것을 감싸는 듯한 포용력을 지닌 빛을 뿜어내고 있었다. 몸집이 작긴 하지만 드레스 너머로도 글래머라는 걸 알 수 있었다.

약간 긴장해서 굳은 표정이었지만, 그 정도로는 그녀의 아름다움이 전혀 손상되지 않았다. 솔직히 준다고 하니 기꺼이 받고 싶다. 남자라면 누구나 그렇게 생각할 것이고, 나도 모르게 본능에 따라 대답을 할 뻔했다. 하지만 그렇게 본능에 솔직할 때가 아니다.

피네가 나타난 건 뜻밖이었다. 공작을 조금만 더 몰아붙인 다음 제위 쟁탈전을 도와달라고 요청할 생각이었는데.

"피, 피네?! 용서해 주십시오! 전하! 딸은 아직 어립니다!"

무릎을 꿇고 애원하는 공작이 매우 필사적인 걸 보니 딸에 대한 애정이 느껴졌다. 처음부터 실수한 아들의 목이 아니라 자신의 목을 내놓으려 한 걸로도 알 수 있듯이 좋은 아버지인 것 같다. 피네도 그런 공작을 지키려고 무릎을 꿇고 애원하기 시작했다.

"전하, 부디 아버지와 오빠를 살려주십시오! 저도 실버 님께서 오셨을 때 봤습니다! 죄가 있다면 저도 마찬가지입니다!"

"여, 여동생은 잘못이 없습니다! 저 때문입니다! 부디 용서해 주십시오!"

기어코 아들까지 무릎을 꿇었다. 이건 그거네. 완전히 내가 악당이네.

이런 전개가 될 줄은 몰랐다. 솔직히 공작과 심리전을 벌이게 될 거라 생각했다. 도와달라는 듯이 세바스를 보자 세바스는 어이가 없다는 듯이 한숨을 쉬고 나서 입을 열었다.

"전하. 공작 가문 분들께서 이렇게까지 애원하십니다. 화를 가라앉히시는 게 어떠신지요?"

"용서하라는 거냐? 바보 취급당한 거나 마찬가지다만?! 이 일을 용서하면 앞으로 우리는 위엄을 전혀 보여줄 수가 없게 된다!"

"몰래 처리하면 됩니다. 이번 일은 없었던 것으로 하시지요."

"실버는 어떻게 하고?!"

"그 남자도 의리 있는 남자입니다. 한번 받은 의뢰를 내팽개치지는 않았을 테고, 아직 근처에 있을지도 모릅니다. 사람을 써서 찾아보도록 하시지요. 성의를 보이며 사과하면 실버도 받아들일 것 같습니다."

"그렇게 실버가 이 영지의 문제를 해결한다고 해도 우리가 크라이네르트 공작 가문에게 바보 취급당한 사실은 사라지지 않는다만?"

괜찮은 느낌으로 매듭을 지을 수 있을 것 같다. 이제 세바스가 내 독단적인 모습을 지적하면 나도 물러설 수 있다. 뭐, 공작 가문에서는 나를 동생의 위엄을 등에 업고 있는 소인배로 보겠지만, 오히려 바라던 바다. 어디까지나 제위 쟁탈전에 참가하는 건 레오고 내가 아니다.

"그런 것들은 나중에 레오나르트 전하와 함께 협의하시는 게 어떠신지요."

"그 녀석하고 협의 같은 걸 해봤자 소용없어! 뭐든 용서하는 녀석이잖느냐?!"

"그런 분이시기에 사람들이 모여드는 겁니다. 그리고 아르노르트 전하. 당신께서는 레오나르트 전하의 형님이긴 하시지만, 사람들이 모여드는 곳은 레오나르트 전하 곁입니다. 아무리 형님이라 하셔도 레오나르트 전하께 아무 말도 없이 공작 가문과의 관계를 악화시키시면 입장이 난처해지실 것 같습니다."

"쳇……, 알겠어. 네가 말한 대로 하지. 공작, 사람을 써서 실버를 찾아다오. 찾아내면 담판은 내가 짓는다. 세바스, 너도 도와주고 오너라."

나는 어쩔 수 없이 받아들인다는 연기를 하면서 이야기를 마무리했다.

이제 실버로서 이 영지의 문제를 해결하면 크라이네르트 공작은 레오의 아군이 된다. 제위 쟁탈전의 시작치고는 그럭저럭 괜찮은 첫걸음이라 할 수 있다. 나는 그런 생각을 하면서 어떻게 1인 2역을 할지 고민하고 있었다.

. . .

"진짜로 아직 영도에 있었나? 뜻밖인데."

"누군가가 파견될 거라 생각했거든. 그런 의미에서는 찌꺼기 황자가 온 건 나도 뜻밖이었지."

영도에 있는 평범한 여관. 실버는 그곳에 있었다. 정확히는 그렇게 보이게끔 했다.

고대마법으로 여관 주인의 기억을 조작해서 닷새 전부터 옷차림이 특이한 손님이 머물고 있다고 생각하게 만든 것이다. 세바스가 그 손님을 발견한 것처럼 만든 다음, 내가 실버로서 만났다.

"그래서? 그쪽 아가씨는 누구지?"

"처음 뵙겠습니다. 실버 님. 저는 피네 폰 크라이네르트라고 합니다."

"처음 본 건 아니야. 닷새 전에 당신하고 눈이 마주쳤는데."

그 말을 듣고 피네가 약간 겁을 먹었다.

아직 열여섯 살인 소녀에게 SS급 모험가와 이야기하는 것은 벅찬 과제다. 게다가 자신들에게 잘못이 있는 상황에서 용서를 받는 것이니 더욱 힘들 것이다.

크라이네르트 공작은 몬스터 문제에 대처해야 하기 때문에 자리를 떠날 수 없는 모양이다. 그래서 실버를 설득하는 건 나 혼자 맡겠다고 했는데, 피네가 공작 가문의 대표로 따라오겠다고 우겼다.

그 덕분에 나는 환술마법으로 실버를 만들어내 피네 앞에서 1인 2역을 연기하고 있는 것이다. 실버를 환술로 만들어 낸 이유는 만에 하나 들킨다 해도 실버라면 경계했기 때문이라고 변명할 수 있기 때문이다. 반대로 나를 환술로 만들었다가 들키면 내가 모습뿐만이 아니라 목소리까지 재현할 수 있을 정도로 초고도의 환술마법을 사용할 수 있다는 부분을 지적할 것이다.

참고로 목소리로 들킬 일은 없다. 실버의 은가면은 매우 강력한 마도구다. 당연히 목소리도 변화시키고, 체취나 상대방에게 주는 인상에도 영향을 끼치기 때문에 함께 있어도 같은 사람이라는 생각을 할 수가 없다.

"……저희 공작 가문이 저지른 무례……, 진심으로 드릴 말씀이 없습니다……."

"사과는 됐어. 이미 당신들에 대한 평가는 땅에 떨어졌으니까. 영지의 주민들을 생각해주는 현명한 공작 가문이라고 들었는데, 그것도 그저 소문에 불과했던 모양이니."

"그건……."

"몬스터 때문에 고생하는 곳에 모험가가 흘러 들어오는 건 특이한 경우가 아니야. 정말 백성을 생각했다면 어떤 모험가라 해도 받아들일 준비를 해둬야겠지. 당신 오라버니가 나를 내쫓은 건 공작이 그런 준비를 게을리했기 때문이라고."

지금부터가 중요한 포인트다.

아들의 과실로 몰아가지 않고, 공작 가문 전체의 책임으로 몰아간다. 그렇게 되면 아들을 처단하는 것만으로는 끝나지 않는다. 뭐, 그 공작이라면 그런 짓을 하지 않겠지만.

"맞는 말씀이에요……, 저희 크라이네르트 공작 가문이 부족했던 탓입니다……."

고개를 숙인 피네를 보고 나는 슬슬 괜찮겠다 싶어서 실버에게 제안했다.

여기에 온 것은 실버를 설득하기 위해서다. 내가 실버를 어떻게든 설득했다고 보여주기만 하면 목적을 달성한 것이 된다.

세바스를 이 방에 데리고 오지 않은 이유는 그것을 달성하기 위한 자작극을 보여주면 무슨 소리를 할지 모르기 때문이다. 나는 이제부터 나를 설득해야 하니까.

"실버. 아직 의뢰를 계속 진행할 생각은 있나?"

"없다면 여기에 없었겠지. 하지만 그 전에 확인해야만 하는 게 있다."

"뭐지?"

"공작가를 아군으로 끌어들이는 건 성공했나, 찌꺼기 황자?"

"……확실하게 약속을 받진 못했지."

"역시 찌꺼기 황자로군. 동생보다는 많이 부족해."

실버는 보란 듯이 한숨을 쉬었다.

스스로 자신을 욕하는 건 이상한 기분이지만, 실버가 그런 식으로 말해두면 공작 가문의 협력을 거의 확실하게 얻어낼 수 있다.

"협력은 반드시 받아낼 거야. 안심했으면 하는데."

"전면적인 협력을 약속 받으라고. 그게 성공하면 의뢰를 진행하지. 나는 내 사정 때문에 네 동생이 황제가 되어야만 하거든. 일부러 제도에서 나와서 이런 곳까지 온 것도 레오나르트 황자의 아군이 되어줄 공작 가문을 만들고 싶었기 때문이다. 소문으로 들었던 공작 가문이리면 ㄱ 은혜를 중시해서 레오나르트 황자에게 협력할 거라 생각했다만, 이 공작 가문은 소문에 못 미치는 것 같군. 서약서 같은 걸 쓰지 않으면 배신할지도 모르겠어."

"저희 아버지께서는 그런 짓을 하지 않으세요!"

"따져도 소용없어, 피네 양. 당신들은 이미 신뢰를 잃었다고."

실버는 담담하게 말했다.

그런 식으로 말하게 한 것에는 이유가 있다.

실버는 내키지 않았지만 이쪽에서 설득했다는 식으로 보여주고 싶었기 때문이다. 그 사실은 피네의 입을 통해 공작의 귀에도 들어갈 것이다. 당연히 실버가 노리고 있는 것도.

이렇게까지 했으니 분명히 공작은 레오 쪽에 붙을 것이다. 좀 번거로울지는 모르겠지만, 크라이네르트 공작은 그만큼 제위 쟁탈전에 중요한 사람이다.

"실버. 그걸 약속해 주지 않으면 도울 생각이 없다는 거냐?"

"물론이지."

"……좀 양보해서 몬스터 토벌을 맡아줬으면 한다. 내가 반드시 공작을 아군으로 끌어들일 테니까."

"……찌꺼기 황자에게 기대하라고? 터무니없는 요구라는 걸 알고 있긴 한가?"

"물론이지. 그래도 부탁할게. 이렇게 빈다."

나는 그렇게 말하고 고개를 숙였다.

애초에 자존심과는 인연이 없는 나는 누구에게나 고개를 숙일 수 있다. 그것도 자신이 만든 환술에게 고개를 숙이는 것이니 아무렇지도 않다.

"금방 고개를 숙이는 걸 보니 정말 황족으로서의 긍지가 없는 것 같군."

"여기 레오가 있었다면 레오도 이렇게 했을 거다……. 나를 믿지 못하는 건 알아. 하지만 이래 봬도 레오의 형이라고. 최소한이라도 일을 해내야지. 그러니 몬스터를 토벌해 줬으면 한다. 더 이상 이 문제를 오래 끌고 싶지 않아."

"……뭐, 알겠다. 모험가로서도 더 이상 몬스터를 내버려 둘 수는 없으니까. 의뢰는 받아들이지. 단, 피네 양. 공작 가문에는 기대하고 있겠다. 그걸 감안하고 협력한다는 걸 잊지 마."

"가, 감사합니다! 반드시 기대에 부응하겠어요!"

그렇게 우리는 실버의 설득을 마치고 여관을 나섰다.

바깥에서 세바스가 대기시켜 둔 마차에 올라탄 다음, 나는 크게 숨을 내쉬었다.

그 모습을 보고 있던 피네가 미안하다는 듯이 고개를 숙였다.

"감사합니다……."

"……? 왜 네가 고맙다는 인사를 하는 건데?"

"전하께서는 저희를 위해 고개를 숙여주셨어요……. 저희 때문에 수고를 끼쳐드렸는데, 영지의 주민들을 위해 실버 님을 설득해 주시기까지 하셨죠. 인사를 드리는 건 당연해요."

뭔가 큰 착각을 하고 있는 것 같은데.

이 아이도 레오하고 마찬가지로 뭐든지 좋은 쪽으로 받아들이는 타입인가?

이건 정정해 둬야지. 좋은 사람이라고 오해하면 앞으로 움직이기 껄끄러워지니까.

"내가 고개를 숙인 건 나를 위해서야. 네가 생각한 것 같은 이유 때문이 아니라고. 착각한 거야."

"그런가요……. 그럼 멋대로 착각하도록 할게요. 저는……, 전하를 조금 오해하고 있었어요. 사실 무서운 분 아닐까 했는데, 그렇지 않았나 보네요."

"아니, 그러니까……."

"네. 제 착각이에요. 전하께서는 자신을 위해 고개를 숙이신 거죠? 영지의 주민들도, 저희들을 위해서도 아닌 거예요. 하지만……, 착각하는 건 허락해주실 거죠?"

피네는 그렇게 말하며 부드러운 미소를 지었다.

그 미소는 예전에 황제에게 푸른 갈매기 머리장식을 받았을 때 보인, 제도의 백성들을 매료시켰던 미소보다 훨씬 자연스러웠고, 훨씬 아름다웠다.

감동했다고 해야 할까. 예전에 어머니를 따라가서 수십 년에 한 번 있는 별똥별 무리를 보았을 때도 이런 감동을 받았다. 구름 한 점 없이 장대한 밤하늘을 가득 메운 별똥별. 그것은 그저 예쁘고 멋진 것이었다. 그것들을 봤을 때 느낀 기쁨, 설레임. 그때 느겼던 것과 같은 마음이 피네의 미소를 보고 솟구쳤다.

본의 아니게 그 미소에 넋이 나가 있었던 나는 얼굴이 빨갛게 변한 것을 들키지 않게끔 눈을 피했다.

그 때문에 착각을 정정할 기회를 잃었지만.

피네가 좋은 방향으로 착각하는 것도 나쁘지 않겠다는 생각이 들어버렸기에 결국 그 이후로도 피네의 착각을 바로잡을 수는 없었다.

3

"지독한 상황인데, 진짜."

나는 실버로 변장하고 세바스와 함께 문제가 되고 있는 몬스터의 소굴을 멀리서 보고 있었다.

크라이네르트 공작 영지에 나타난 몬스터의 랭크는 AA급.

F부터 SS급까지 있는 랭크 중에서는 위에서 네 번째. A급 이상 모험가가 네다섯 명 파티를 짜서 대처하는 수준의 몬스터이고, 제국에 있는 모험가 길드로는 조금 벅찬 수준인 몬스터다.

실제로 크라이네르트 공작은 모험가 길드에 의뢰했고, B급 모험가 네 명과 A급 모험가 두 명 파티가 파견되었지만, 해결하지는 못했다.

"마더 슬라임 상대로는 어쩔 수 없지."

영도에서 조금 떨어진 곳에 있는 산.

그곳에 수많은 슬라임들이 쏟아져 나온 상태였다. 한 마리 한 마리는 약하지만, 숫자가 너무 많다. 이 녀석들이 이곳저곳으로 원정을 나가서 작물을 먹어치우곤 하기 때문에 공작이 기사들을 이끌고 대처하러 다니는 것이다.

어째서 슬라임이 이렇게 대량으로 발생했느냐 하면, 산에 숨어 있는 마더 슬라임이라 불리는 레어 몬스터 때문이다.

마더 슬라임은 이름 그대로 슬라임의 어머니로서 아이 슬라임을 만들어낼 수 있는 몬스터다. 모든 것을 흡수하여 영양으로 바꾸고 아이 슬라임을 계속 만들어 낸다. 이 녀석 때문에 괴멸된 나라까지 있을 정도로 골치 아픈 몬스터다.

대처법으로는 마더 슬라임이 소굴을 정하고 아이 슬라임을 늘리기 전에 토벌하는 게 있긴 하지만, 공작이 모험가 길드에 의뢰한 시점에서 이미 늦은 상태였다.

기록을 살펴보니 마더 슬라임이 만들어낸 아이 슬라임은 거의 군대급이었다.

"아무튼 얼른 마더 슬라임을 해치우지 않으면 끝이 없겠어."

"그렇긴 합니다만, 이미 의뢰를 받은 모험가들에게 어떻게 설명하실 생각이신지요?"

"그게 문제지."

모험가들은 기본적으로 무법자들이다.

귀족 사회처럼 지위가 높다고 해서 굽신거리지 않는다. 그들은 자신이 받은 의뢰를 온 힘을 다해 수행한다. 자신에게 도움이 되기 때문이고, 자신의 신용을 지킬 수 있기 때문이다.

그런 모험가들은 아무리 SS급 모험가라 해도 새치기를 용납하지 않는다. 길드에서 정식 서장이 나온다면 모를까, 지금 나는 완전히 다른 쪽에서 의뢰를 받은 상태다.

"모험가의 그런 분위기는 좋지만, 지금은 고민거리네."

"그들이 어떻게 나오는지에 따라서 시간이 오래 걸릴지도 모르겠군요."

"솔직히 그럴 시간은 없어. 현지 모험가가 그 사실을 이해하기를 빌어야지. 먼저 돌아가. 내가 어떻게든 할 테니까."

"무운을 빌겠습니다."

나는 그렇게 말한 다음 세바스와 헤어지고 산 근처에서 캠핑을 하고 있는 모험가들에게 향했다.

세바스를 데리고 가면 수상하게 여길 테고, 내 정체를 눈치채 버릴 테니까.

"이거, 이거. 얘들아, SS급 모험가님께서 일부러 와주셨다고."

바깥에서 망을 보고 있던 붉은 머리카락 청년이 그렇게 말하자 텐트 안에 있던 모험가들이 줄줄이 고개를 내밀었다.

남자 다섯 명에 여자 한 명.

모두 눈초리가 날카로웠다.

"이 파티 리더를 맡고 있는 아벨이라고 해. 랭크는 A급. 당신이 보기에는 잔챙이겠지만."

"SS급 모험가인 실버다."

나는 아벨이 내민 손을 잡았다.

나는 손을 살짝 잡고 있었지만, 아벨은 박살 내버리려는 듯이 힘을 주었다.

역시 마음에 들지 않는 모양인데.

"당신이 원군으로 온다는 이야기는 공작에게 들었어. 하지만 네, 그렇습니까하고 의뢰를 양보하면 모험가 같은 걸 해먹을 수가 없다고. 이해하지?"

"그래, 이해하지."

"의뢰를 새치기하는 건 모험가의 매너를 위반하는 짓이야. 그것도 이해하나?"

"그래, 물론이지."

손을 내린 다음, 나는 나머지 다섯 명을 보았다.

대충 살펴보니 다른 A급 모험가는 여자 쪽인가?

갈색 머리카락을 짧은 포니테일로 묶었고, 모자를 쓰고 있어서 얼굴이 잘 보이진 않지만 여자인 건 확실한 것 같다.

완전히 소년 같은 차림새라 남자로 착각하는 녀석도 많을 것 같은데.

여자 모험가는 아마 아벨 파티의 도우미일 것이다. 한 발짝 물러나 있기도 하고, 아벨에게 뭔가 참견하려는 생각은 없는 것 같다.

그렇다면 아벨을 설득하면 어떻게든 되겠는데.

"물론이지이? 알고 있으면서 왜 새치기하러 온 건데?! 귀족님 연줄까지 써가면서! 당신 정도 되는 모험가라면 의뢰가 부족하진 않을 거 아냐!"

"무슨 말을 하고 싶은지는 알겠어. 불만이라는 것도 알겠고. 그러니까 매도를 하든 나를 때리든 너희 마음이야. 불평할 생각도 없고."

"뭐라고?"

"하지만……, 모험가로서 너희에게 묻고 싶군. 이 상황을 해결할 수 있나?"

"……."

아벨은 대답하지 않았다. 다른 사람들도 마찬가지다. 지금 할 수 있다고 하는 건 간단하지만, 모험가는 신용이 생명이다. 간단히 해결할 수 없는 의뢰를 할 수 있다고 하면 안 된다.

이곳에 있는 여섯 명은 이 부근에서 레벨이 가장 높은 모험가다. 아마 자신들이 의뢰를 선택한 것이 아니라 길드 지부에서 이 여섯 명에게 제안했을 것이다.

그런데 와보니 이야기를 들었던 것보다 상황이 꽤 안 좋았다. 마더 슬라임의 힘은 계속 변한다. 소굴에서 영양을 계속 섭취하면 할수록 강해진다. 그리고 아이 슬라임을 만들어 낸다. 아이 슬라임을 만들 때마다 약해지긴 하지만, 그 아이 슬라임이 계속 영양분을 가지고 오기 때문에 나중에는 손을 쓸 수가 없게 된다.

이렇게까지 악화된 이상, 마더 슬라임을 빠르게 처리하지 못하면 이 부근 일대의 안전이 위험하게 된다.

"——마더 슬라임은 저희가 이야기를 들었던 것보다 훨씬 커진 상태였습니다. 몇 번 도전해 보았지만, 치명상을 입힐 수가 없어서 후퇴했죠. 완전히 화력 부족이네요."

지금까지 잠자코 있었던 여자 모험가가 입을 열었다.

그 말을 들은 아벨이 혀를 찼다. 아벨도 그 사실은 이해하고 있었던 모양인데.

"너희들이 절대로 의뢰에 끼어들지 말라고 하면 나도 의뢰에 끼어들지 않겠어. 하지만 이 지역의 안전을 위해 길드 본부에 직접 현재 상황을 보고하고 긴급 퀘스트를 발행해 달라고 할 거야. 그동안에 너희가 토벌할 수 있다면 말리지도 않을 거고. 하지만……, 그 며칠 동안 이 지역은 매우 위험해지겠지."

"……나도 알아. 당신처럼 강한 모험가가 돈 욕심 때문에 이런 곳에 올 리가 없다는 것 정도는……."

"보수는 그쪽이 전부 받아도 돼. 부디 마더 슬라임 토벌을 내게 맡겨줬으면 해. 모험가로서 피해가 더 이상 확산되는 걸 보고만 있을 순 없어."

"……알았어. 우리 힘이 부족하다는 걸 인정하지……, 당신 마음대로 해."

아벨은 고개를 숙이고 그 자리에 주저앉았다. 모험가는 자신의 실력만으로 살아간다. 그런 모험가가 받은 의뢰를 달성할 수 없다는 것은 굴욕일 뿐이다.

자존심을 내세우며 무모한 의뢰만 받아가 죽은 모험가도 있을 정도다. 그런 의미에서 아벨은 똑똑하고 주위를 잘 살피는 모험가다.

"미안해, 다들…….."

아벨이 그렇게 말하며 파티 사람들에게 사과했다. 아벨 혼자라면 강행했을지도 모르겠지만, 파티 멤버들을 생각해서 물러났을 것이다. 좋은 리더다.

"너희가 마더 슬라임에게 공격을 가해서 이 정도로 끝난 거야. 너희가 없었다면 이미 이 근처는 슬라임투성이였겠지. 원래는 A급 이상인 모험가만으로 파티를 짜서 대처하는 의뢰야. 잘 해줬어. 길드도 너희에게 고마워할 거야."

"하……, SS급 모험가에게 칭찬받는 날이 올 줄이야."

"비꼬아서 받아들이지 말아줘. 나도 진심으로 고마워하고 있고, 너희에게 빚이 생겼다고 생각하니까. 무슨 일이 생기면 제도 지부로 와줘. 힘이 되어줄 테니."

나는 그렇게 말하고 곧바로 산 쪽을 향해 손을 뻗었다.

의아한 눈초리로 나를 바라보는 여섯 명을 무시하고 나는 영창을 시작했다.

《나는 천의를 대행하는 자 · 나는 하늘과 땅의 법을 아는 자 · 단죄의 때 왔으니 · 죄인은 떨고 죄 없는 자는 환희하라 · 나의 말은 신의 말 · 나의 일격은 신의 일격 · 이 손에 모이는 것은 하늘을 태우는 겁화 · 천염이여 죄인을 잿더미로 만들거라── 익스큐션 프로미넌스.》

8절이나 되는 장대한 영창. 내가 뻗은 손끝에는 터무니없이 커다란 마법진이 전개되었다.

현대에 전해진 마법 중에서 이렇게까지 긴 영창은 없다. 최고가 7절이다. 8절 이상은 현대에 전해지지 않은 마법인 것이다.

옛날, 마법이 지금보다 발달되었던 시절의 마법. 그것이 고대마법이다.

재능이 있는 자만 쓸 수 있는 그 마법은 어느새 잊혀졌고, 전승한 자가 사라져서 없어졌다.

그것들을 부활시키려면 남겨진 귀중한 서적을 통해 해석할 수밖에 없다. 그렇기 때문에 고대마법을 사용하는 자는 대륙에서도 손꼽힐 정도밖에 안 된다.

당연히 볼 수 있는 자도 별로 없다.

그렇게 때문에 어떤 의미로 이곳에 있는 여섯 명은 귀중한 경험을 했다 할 수 있을 것이다.

거대한 마법진에 마력이 가득 찼다. 그러자 마법진 주위에 소규모 마법진이 여섯 개 더 나타났다.

그 소규모 마법진이 거대한 마법진 주위를 빙글빙글 돌기 시작했다.

그리고 거의 붕괴 직전까지 마력이 강해진 순간, 번쩍이는 불꽃 섬광이 마법진에서 발사되었다.

그것은 눈 깜짝할 새에 산의 나무들을 태워 없앴고, 그곳을 소굴로 삼고 있던 슬라임들도 태워버렸다. 그것뿐만이 아니라 산 그 자체마저 완전히 불태워 소멸시켜 버렸다.

그 뒤에 남은 것은 까맣게 그을린 지면뿐.

"이제 슬라임이 늘어날 일은 없겠지."

"말도 안 돼……."

"……이게 SS급 모험가가 사용하는 고대마법……."

아벨과 여자 모험가가 중얼거렸다. 다른 사람들은 깜짝 놀라서 그저 방금 눈앞에서 벌어진 일을 이해하기 위해 시도하고 있을 뿐이었다. 산을 불태워 없애는 마법. 그것은 거의 전설에 가까운 수준의 마법이다.

갑자기 눈앞에서 그걸 본다 해도 이해하기가 힘들겠지.

"보고를 부탁할 수 있을까?"

"……당신이 가야지. 우리는 아무것도 안 했어. 공작 영지를 구했잖아. 영웅이라고?"

"미안하지만 흥미 없거든. 따로 할 일도 있고. 뒷일은 맡기지."

나는 그렇게 말한 다음 전이마법으로 그곳을 떠났다.

전이한 곳은 크라이네르트 공작의 저택에 있는 방. 내가 쓰게끔 받은 방이었다.

아르노르트 황자는 아직 공작 영지에 머무르고 있는 것으로 되어 있다. 실버가 마더 슬라임을 토벌했다는 보고를 공작과 함께 듣고, 공작에게 돕겠다는 말을 듣고 나서야 일이 끝나는 것이다.

그때까지는 방심할 수가 없다. 나는 그런 생각을 하면서 은가면을 벗었다.

그게 치명적인 방심이었다는 것을 눈치챈 것은 목소리가 들린 다음이었다.

"어……?"

자신이 예상하지 못한 사태가 벌어졌다. 그런 느낌이 담긴 목소리였다.

들어본 적이 있는 목소리를 듣고, 나는 먼저 후회부터 했다.

방에 아무도 없을 거라 생각했기 때문이다. 황자가 쓰라고 준 방이다. 황자의 허락없이 들어올 사람은 없을 거라 생각했다. 나는 돌아보고 얼굴을 본 다음, 더 후회했다.

"……피네."

"……아르노르트 황자님……?"

절세미녀이자 공작의 딸.

간단히 입막음을 할 수 없는 소녀, 피네가 그곳에 있었다.

4

피네는 과자가 담긴 접시를 들고 있었다. 아마 그것을 주러 왔다가 대답이 없으니 들어온 모양이었다.

식사는 필요 없다고 전해두었으니 내 방에 올 사람이 없을 거라 생각했다. 설마 이런 오산이 생길 줄이야.

"아, 아르노르트 황자님……? 방금 전이하셨고, 그리고 그 차림새는……, 실버 님 아닌가요……?"

"……."

이런 차림을 하는 게 취미라고 하면서 둘러댈까? 아니, 아무리 그래도 그건 아니지.

그럼 죽일까? 그것도 불가능하다. 황제는 피네를 마음에 들어 한다. 무슨 일이 생기면 분명히 황제가 직접 수사할 것이다. 의심을 받을 사람은 분명히 나고, 의심을 산 시점에서 레오의 제위 쟁탈전도 끝나버린다.

여관 주인에게 사용한 마법도 강렬한 기억까지는 손댈 수 없다. 둘러댈 수는 없다. 입을 막을 수도 없다. 끝장인가.

"……어째서 방에 들어왔지?"

"아, 저기……, 과자를 구워서 드리려고……, 그런데 대답을 하지 않으시길래 무슨 일이 생겼나 하고 착각해 버려서요……."

"에휴……."

풀 죽어서 면목이 없는 듯이 몸을 움츠리는 피네를 보니 나도 기운이 빠져버렸다.

거친 방법을 쓸 생각은 이미 사라졌다. 하지만 이대로 방치할 수도 없다.

"너는 내 비밀을 알았다. 그러니 나는 너를 그냥 돌려보낼 수 없지."

"누, 누구에게도 말하지 않겠어요! 실버 님의 정체가 황자님이라니!"

"꽤 큰 목소리로 말하고 있는데."

"아……."

"안심해라. 방음 결계를 쳐두었으니까. 무슨 말을 하더라도 바깥으로 새어 나가진 않아."

"그, 그랬군요……. 감사합니다……."

피네는 부끄럽다는 듯이 볼을 붉혔다.

자신이 위기에 처했다는 사실을 깨닫지 못하고 있는 모양이다. 바깥에서 들을 수 없다는 건 피네가 무슨 짓을 당하더라도 도움을 요청할 수 없다는 뜻인데…….

"내가 네게 무슨 짓을 할 거라 생각하진 않는 건가?"

"무슨 짓이라뇨?"

"입을 막기 위해서 너를 덮칠지도 모르는데."

"당신께서요? 말도 안 돼요. 만약에 그런 일이 생긴다 해도 그건 꼭 해야만 하는 일이겠죠? 그렇다면 저는 받아들이겠어요."

"……그렇게까지 신뢰를 받을 만한 이유가 없는 것 같은데?"

"당신께서 실버라면 벌써 몬스터를 쓰러뜨리고 오셨겠죠? 그렇다면 당신께서는 저희 공작 영지를 구해주신 영웅이에요. 그리고 황자로서 오셔서 이것저것 번거롭게 연기를 하셨는데, 그것도 동생을 위해서 그러신 것 아닌가요? 그러니 당신을 믿을 수 있는 것이지요. 누군가를 위해 움직이실 수 있는 당신은 분명히 자상하신 분이시니까요."

피네는 그렇게 말하고 상냥함으로 가득 찬 미소를 지었다.

착한 사람이라서 그렇겠지. 이렇게까지 사람을 믿을 수 있을 줄이야.

내가 실버라는 사실을 안 이상, 지금까지 있었던 일들은 공작 가문을 욕보이고 우리 쪽에게 붙게 만들기 위해서 꾸며낸 일이라는 걸 눈치챘을 텐데. 그럼에도 불구하고 피네는 나를 믿고 있다.

그 신뢰는 배신할 수가 없다.

"내 비밀을 알고 있는 건 세바스뿐이야. 그리고 세바스는 결코 입을 열지 않지. 비밀이 새어 나가면 나는 너를 결코 용서하지 않을 거다. 그러니 누구에게도 이야기하지 마라."

"네! 알겠습니다."

피네의 기운찬 대답을 듣고 나는 한숨을 쉬었다. 환술을 써서 꿈을 꿨다고 착각하게 만들까 하는 생각도 들었지만, 그렇게 꼼수를 부리면 반드시 들통나기 마련이다.

그리고 그렇게 들통나면 치명적인 허점이 될 것이다. 그렇다면 피네를 믿어버리는 게 낫다.

지금까지 이야기를 나누면서 피네의 성격은 대충 이해했다. 만약 비밀이 새어 나간다 하더라도 피네와 그녀의 관계자일 테니 거친 방법은 그때 쓰더라도 늦지 않다.

"계속 지켜온 비밀을 이렇게 들키게 될 줄이야……."

"기운 내세요. 과자 드시고요. 아, 홍차를 끓일게요."

즐거운 듯이 탁자 위에 과자를 놓고 홍차를 끓일 준비를 하기 시작한 피네를 보면서 나는 마음속으로 태클을 걸었다. 너 때문이잖아……라고.

■ ■ ■

"이상이 이번 의뢰 보고입니다."

영도로 돌아온 아벨이 공작 앞에 무릎을 꿇고 보고하고 있었다.

모든 이야기를 들은 공작은 고개를 여러 번 끄덕인 다음 아벨에게 치하하는 말을 건넸다.

"정말 고생이 많았다. 힘든 의뢰를 한 점은 정말 미안하게 생각한다. 이건 의뢰 보수와는 별도로 성의를 표시하는 것이니 받아줬으면 하네."

공작이 그렇게 말하자 아벨 앞에 사람 수에 맞게끔 작은 주머니가 놓였다.

그 안에는 나름대로 액수가 꽤 되는 돈이 들어있었다. 하지만 아벨은 고개를 저으며 거절했다.

"의뢰 보수만으로 충분합니다. 방금 말씀드렸다시피 이번 의뢰를 해결한 사람은 실버이지 저희가 아닙니다. 모험가로서 지금까지 살아온 긍지가 있으니 부디 용서하시길."

"그런가……. 으음. 알겠네. 또 무슨 일이 있으면 부탁하게 되겠지. 그때는 꼭 또 부탁하네."

"네. 그때는 반드시 저희 손으로 의뢰를 달성하겠습니다."

아벨은 그렇게 말하고 그 자리를 떠났다. 남은 사람은 나와 공작뿐이었다.

"이걸로 일단락되었나."

"그렇지요. 전하께는 어떻게 감사드려야 할지 모르겠습니다. 감사합니다."

"그런 인사는 레오에게 해줘. 내가 여기에 온 것도, 실버가 움직인 것도 전부 레오를 위해서 그런 거니까."

"네……, 전하. 저희 크라이네르트 공작 가문은 레오나르트 황자님을 전면적으로 지지하며 뒤를 받쳐드리겠습니다. 베푸신 은혜에 보답해드리지요."

이제야 그 말을 들은 나는 안도의 한숨을 크게 내쉬며 공작에게 오른손을 내밀었다.

그 모습을 본 공작은 내 손을 잡았다.

"잘 부탁하지."

"반드시 레오나르트 황자님을 황제 자리에 앉히시죠."

"그래."

이제 레오는 제위를 놓고 다투는 세 형제자매에 이어 제4세력으로서의 지위를 확립할 수 있게 되었다.

명문 크라이네르트 공작 가문이 아군으로 붙으면 상황을 지켜보던 자들도 레오에게 협력하게 될 것이다.

우리 아버님도 레오를 제위 후계자 중 한 명으로 인정할 테니, 이제야 출발선에 서게 된 거나 마찬가지다.

아직 안심할 수는 없지만, 일단 일을 하나 끝낸 기분이었던 나와는 달리 공작이 조금 불안한 듯이 이야기를 꺼냈다.

"전하……, 그쪽은 일손이 부족하지 않습니까?"

"일손이라……, 넘쳐난다고 하고 싶긴 하지만, 완전히 부족하지. 아직 지켜보고 있기만 하는 귀족도 있으니 그런 귀족들과 교섭하려면 신뢰할 수 있는 사람이 더 필요해."

"그렇군요. 안심했습니다."

"누구를 빌려주려고?"

"네, 제 딸을 맡기려 합니다."

"뭐, 라고……?"

나도 모르게 되물어 버렸다. 내 반응을 본 공작도 쓴웃음을 지으며 말했다.

"놀라실 만도 하지요. 저도 어제 피네에게 이야기를 듣고 놀랐습니다. 어떻게 해서라도 황자님 여러분께서 저희 영지를 구해주신 보답을 하고 싶다고 하면서요……, 자기 주장을 잘 하지 않던 그 아이가 그런 말을 하다니……, 저도 감격스럽습니다."

"아니, 잠깐만……. 그런 식으로 말해도 곤란한데……."

"그런 말씀 마십시오, 전하. 그 아이는 제도에서 유명합니다. 황제 폐하께서도 어여쁘게 봐주시고 계시죠. 반드시 도움이 될 겁니다."

"그건 나도 인정하겠지만……, 괜찮겠나? 공작은."

솔직히 이익은 셀 수 없을 만큼 많다. 그 정도로 피네는 도움이 된다.

하지만 갑자기 제도로 가고 싶다는 말을 꺼낸 이유는 어제 내 정체를 알았기 때문일 것이다. 솔직히 영지에서 얌전히 지내주는 쪽이 나는 더 안심할 수 있다.

　제도에서는 많은 사람들과 만나게 될 테니 어디에서 정보가 새어 나갈지 알 수가 없다.

　그래서 공작의 부모로서의 마음에 파고들려 했는데.

　"그 아이가 원한 겁니다. 부디 잘 부려주십시오."

　"……."

　딸을 아끼는 마음으로 잡아두려나 싶었는데, 오히려 부추기고 있다. 이 사람은 진짜 대단한 아버지다. 이제 거절할 이유가 없어져 버렸다.

　결국 나는 피네의 동행을 허가하게 되었다. 그리고.

　"그럼 다녀오겠습니다. 아버님, 오라버니."

　"그래, 제대로 도움을 드리고 오려무나."

　"건강 조심하고~."

　피네는 아버지와 오빠의 배웅을 받으며 마차에 올랐다.

　한동안 마차 창문 너머로 손을 흔들던 피네는 두 사람이 보이지 않게 되자 맞은편에 앉아있던 나를 똑바로 바라보았다.

　"아르노르트 황자님. 부족한 몸이지만, 앞으로 잘 부탁드리겠습니다."

　"에휴……."

　"화나신, 건가요……?"

　"어이가 없는 거야. 우리가 지금부터 시작할 것은 제위 쟁탈전이라고. 몇 번이나 피가 흐른 암투란 말이다. 돌아가려면 지금밖에 없거든?"

"알고 있습니다. 그래도……, 도움이 되고 싶어요. 그리고 제가 곁에 있는 편이 황자님께서도 감시하기 편하시니 안심이 되지 않으신가요?"

"아니, 영지에서 얌전히 있어주는 게 더 안심되는데."

"네에에에?!"

깜짝 놀라 두 손을 버둥거리는 피네를 보고 나는 다시 한숨을 쉬었다.

이런 애한테 비밀을 들켰는데 괜찮을까…….

5

제도로 돌아온 나는 바로 레오의 방으로 향했다.

레오는 내가 움직이고 있다는 걸 알고 있었지만, 실버와 연관이 있다는 건 모른다. 그렇기 때문에 그런 문제를 해소할 필요가 있다.

그래서 꽤 급하게 방으로 가고 있었는데, 마침 방에서 사람이 나왔다.

내가 껄끄러워하는 사람이다.

"아, 안녕. 마리……."

"오랜만에 뵙습니다. 아르노르트 님."

방에서 나온 메이드가 그렇게 말하며 내게 인사를 했다.

하늘색 머리카락은 어깨 위 길이로 단정하게 맞췄고, 감정이 느껴지지 않는 하늘색 눈동자는 마치 수정 같았다. 이 메이드의 이름은 마리 뷜케.

레오를 모시는 메이드이며 유능하기 때문에 레오의 비서 같은 역할도 맡은 인재다.

나이는 열여섯. 평민 출신이고 일할 곳을 찾다가 레오를 만난 뒤 능력을 높게 평가받고 이것저것 맡다가 지금은 레오의 측근이다.

나는 뭘 하더라도 레오를 제일 우선시하는 이 메이드가 껄끄럽다. 왜냐하면.

"……저기, 레오는 안에 있어?"

"네."

"……."

이렇게 마리는 말수가 적다. 게다가 무표정하다.

내가 있을 때는 더 심해지는 것 같다는 느낌이 든다. 그녀는 경박해 보이는 내게 안 좋은 감정을 품고 있는 것 같다.

내 평판이 떨어지면 레오의 평판이 기본적으로 올라간다. 하지만 나와 한데 묶어서 레오를 얕보는 자도 가끔 있다. 마리가 보기에는 별로 기분이 좋은 이야기가 아닐 것이다.

할 수만 있다면 좀 제대로 행동했으면 좋겠다.

나는 그런 감정이 말수가 적다는 형태로 나타나는 거라고 해석한다.

"내가 없는 동안 무슨 변화가 생긴 거 있어?"

"네. 레오나르트 님 밑으로 인재들이 모이고 있습니다. 주로 평민 출신이죠. 저는 지금부터 심사를 하러 갑니다."

"그렇구나. 뭐, 레오는 신분을 따지지 않으니까. 알았어, 고마워. 열심히 해."

"네. 실례하겠습니다."

마리는 그렇게 말한 다음 무표정한 채로 내 곁을 지나쳤다.

그런데 무슨 생각을 한 건지 멈춰서서 내 얼굴을 빤히 바라보았다.

"아르노르트 님."

"왜, 왜 그래?"

"아르노르트 님……, 왠지 조금 이목구비가 단정해지셨네요. 처음으로 레오나르트 님과 조금 닮았다는 생각이 들었습니다."

마리는 그렇게 말하고 인사를 한 다음 떠나갔다.

대체 뭐지…….

"이러쿵저러쿵해도 마리는 예리할 것 같거든. 앞으로는 조심해야지."

나는 최대한 한심하게 보이게끔, 표정과 자세를 평소보다 느슨하게 유지하며 레오의 방으로 들어갔다.

■ ■ ■

"형이 실버와 연줄이 있었다니……, 발이 넓은 줄 알고 있긴 했

지만, 그런 거물하고도 접촉했구나."

"내가 나서서 알고 지내게 된 건 아니야. 저쪽에서 먼저 접촉해 왔다고. 믿음의 증거로 크라이네르트 공작을 아군으로 끌어들이는 걸 돕겠다고 하면서. 그러니 나하고 실버, 둘이서 네가 실버에게 부탁했다는 모양새를 만든 거야. 나중에 말하게 돼서 미안해."

레오의 방에서 나는 공작 영지에서 있었던 일을 보고한 다음 실버에 대해 설명하고 있었다.

어디까지나 실버가 주도한 형태로 해두지 않으면 내가 움직이기 힘들어진다. 나는 실버에게 이용당했을 뿐이다. 이 이야기가 새어 나간다 하더라도 많은 사람들이 그렇게 판단할 것이다.

언젠가 실버와 연줄이 있다는 건 들키게 된다. 그 상황에도 대비해야만 한다.

"괜찮아. 형도 나름대로 생각이 있었던 거지?"

"그래, 네게 전하지 않았던 건 실버를 완전히 믿지 않았기 때문이야. 하지만 그 녀석은 선언한 대로 움직여 줬어. 일단은 믿어도 될 것 같아. 하지만 알 수 없는 부분이 많은 남자인 것도 사실이지. 우리에게 협력하려는 이유도 아직 밝히지 않았으니 전폭적으로 신뢰하는 건 좀 기다리는 게 나을 거야."

"그렇구나……, 나도 만나보고 싶은데."

"미리 말해두지만, 일부러 내게 접촉해 온 걸 보니 아직 너와 직접 만날 생각은 없는 것 같아. 나도 접촉할 방법은 알고 있긴 하지만, 응답할지 여부는 상대방에게 달려있으니까. 우리 마음대로 움직이지 않고 자유롭게 움직이는 조커 같은 거나 마찬가지야. 너무 믿지는 말자."

"알겠어. 그래도 덕분에 크라이네르트 공작 영지를 구해냈고, 공작도 협력해 주게 된 거지? 좋은 사람인 건 분명한 거 아니야?"

"또 그렇게 좋은 쪽으로만 받아들이는구나……."

나는 어이가 없어서 한숨을 쉬었다.

요즘 이런 한숨을 자주 쉰 것 같다. 이유는 말할 필요도 없다. 레오 말고도 또 한 명, 비슷한 타입인 사람이 곁에 늘어났기 때문이다.

"그런데 공작 가문에서 사람을 파견했다고 들었는데, 누가 왔어? 아무리 그래도 공작이 직접 오진 않았을 테고……."

"아, 그렇지. 세바스, 불러와 줘."

"네."

방구석에 대기하고 있던 세바스에게 말을 걸자 잠시 후에 근처 방에서 대기하고 있던 피네가 왔다.

"처음 뵙겠습니다, 레오나르트 전하. 크라이네르트 공작의 장녀, 피네 폰 크라이네르트라고 합니다. 앞으로 잘 부탁드립니다."

피네는 우아하게 치마를 잡고 인사했다.

그러자 레오는 놀라지도 않고 완벽하게 예의를 갖추어 인사했다.

"제8황자, 레오나르트 렉스 아드라입니다. 창구희와 직접 이야기를 나눌 수 있는 기회가 생길 줄은 상상도 못했네요. 멀리서 보았을 때보다 훨씬 아름다우신 분이었군요. 만나뵙게 되어 영광입니다."

"어머, 칭찬을 잘하시네요. 저도 아르노르트 님의 동생분과 만나뵙게 되어 영광입니다. 아르노르트 님께서 말씀하신 것처럼 자상하신 분인 것 같아 안심이 되네요."

"형이 제 이야기를요? 그거 신경 쓰이네요. 그 이야기를 좀 해주실 수 있을까요?"

"네, 기꺼이 해드리죠. 아, 홍차를 끓일게요."

"감사합니다."

1분도 안 걸려서 마음을 터놓게 되었다. 내 동생이지만 무시무시하다. 사람의 내면에 스르륵 파고들어 버리는 건 거의 재능이라 할 수 있겠지.

두 사람의 공통적인 화제는 별로 없다. 당연히 몇 안되는 접점인 내 이야기로 신이 났다.

정작 나는 껄끄러워서 인상을 찌푸리고 있을 수밖에 없었다. 그런 나 때문에 신경이 쓰였는지 레오가 내게 화제를 돌렸다.

"그러고 보니, 형. 피네 양에게는 어떤 식으로 협력을 받을 생각이야?"

"기본적으로는 교섭을 맡아달라고 할 거야. 그리고 한동안은 제도에 있는 저택에서 지내면서 우리에게 찾아와 줘야겠고. 그러기만 해도 크라이네르트 공작이 우리 쪽에 붙었다는 걸 알릴 수 있으니까. 당분간은 그 정도야. 아, 실버와 어떤 관계인지도 이미 말해두었어. 그건 신경 쓰지 않아도 돼. 그녀는 내가 속였다는 걸 알면서도 협력해 주고 있으니까."

"또 그렇게 자기가 나쁜 사람인 것처럼 말씀하시고……, 저희 가문에서 실버 님을 화나게 만든 것도 사실이고, 아르노르트 님께서 중재해 주신 것도 사실이에요. 그걸로 충분하지 않을까요?"

"저와 마음이 맞네요. 저도 그렇게 생각해요. 필요 이상으로 자신을 비하하는 건 형의 단점이죠."

"에휴……."

왠지 레오가 두 명으로 늘어난 것 같은 기분이다.

뭐, 아군을 모으려면 성격이 좋은 사람이 많은 편이 좋지. 내 마음고생이 늘어나긴 하겠지만.

"이게 내 방식이야. 신경 쓰지 마. 그런 건 됐고, 레오. 제도에서 아군을 좀 모았어?"

"음~, 미묘한데. 제도의 유력자들은 세 명 중 누군가에게 가담했으니까. 지금은 중립 느낌인 중견 귀족들을 설득하고 있어."

화제를 돌리기 위해 레오의 성과에 대해 물어보았는데, 예상대로였다.

크라이네르트 공작이 레오에게 붙었다는 것이 알려진다 해도 움직이는 건 중립 세력뿐이다. 처음부터 라이벌인 세 사람에게 가담한 자들은 움직일 수 없다. 아직 공작이 우리 쪽으로 붙었다는 사실이 알려지지 않은 상황에서는 그렇겠지.

"저기……, 제도 사정은 잘 알지 못해서 그런데요……. 그 라이벌이신 세 분에 대해 가르쳐 주실 수 있을까요?"

"이야기 안 했어?"

"오던 도중에는 상관없는 질문만 해서 피곤했거든……, 이야기 할 기력도 없었어."

"죄송합니다……."

"아뇨, 형을 곤란하게 만드시다니, 대단하시네요. 기본적으로 는 뭐든지 흘리기만 하는 사람이니까요."

"정말인가요?!"

"흘리지 못할 정도로 귀찮았다는 뜻이지만."

"아으……."

나는 풀죽은 피네를 곁눈질하며 이해하기 쉽게끔 방에 놓아두 었던 보석 세 개를 탁자 위에 늘어놓았다.

"이게 라이벌 세 사람이라고 하자. 첫 번째는 푸른색 보석. 제 2황자, 에리크 렉스 아드라, 28세. 문관 대부분을 장악한 황자이 고 지능파로 유명하지. 두 번째는 붉은색 보석. 제3황자, 고든 렉 스 아드라, 26세. 군 내부의 최대 세력이고 스스로 전장에 나갈 정도로 무투파야. 그리고 세 번째는 녹색 보석. 제2황녀, 잔드라 렉스 아드라, 22세. 마법 실력이 뛰어나고 제국 각지에 있는 마 도사들의 지지를 받고 있어. 이 세 사람이 각각 세력을 확대시키 며 제위를 노리고 있지. 다른 황족들 중에도 노리고 있는 녀석이 있겠지만, 이 세 사람하고 비교하면 없는 거나 마찬가지야."

"문관, 무관, 그리고 마도사. 그들에게는 확고한 지지기반이 있 어. 여기에 귀족들이 이익을 추구하면서 각 세력에 파고드는 게 현재 제위 쟁탈전이고. 시작된 건 3년 전……, 황태자인 큰형님께서 전장에서 돌아가신 뒤였지."

"그 소식은 들었습니다……, 총명하신 제1황자 전하께서 살아 계셨다면 제위 쟁탈전 같은 건 벌어지지 않았을 거라고 아버지께서도 말씀하셨죠."

"정말 그렇다니까. 그 사람이 살아있었다면 이렇게 골치 아파지지도 않았겠지."

하지만 반대로 말하자면 그 사람이 죽었기 때문에 모든 황족에게 기회가 돌아온 것이다.

그래서 위화감이 든다. 총명하고 용맹한 데다 인격도 뛰어나서 레오를 그대로 업그레이드한 것 같은 큰형이 전장에서 전사하다니.

조사는 진행되었다. 황제가 직접 나선 수사였다. 그리고 모략이 아니었다고 증명되긴 했지만, 나는 치밀한 음모가 숨겨져 있는 것 같다는 생각을 지울 수가 없었다.

하지만 죽은 사람 일을 질질 끌어봤자 소용이 없다.

"그 사람은 이제 없고, 세 형제자매는 적대하는 자에게 자비심이 없어. 레오, 네가 큰형 대신 황제가 되는 것 말고는 방법이 없다고."

"나도 알아. 그런데 내가 할 수 있을까……."

"안심해. 내가 보증해 줄 테니까."

나는 그렇게 말하고 레오의 등을 두드렸다. 그러자 레오는 기침을 하면서 아프다고 중얼거렸다.

한동안 담소가 이어졌고, 슬슬 돌아갈까 하던 참에.

"실례합니다."

마리가 돌아왔다.

손에는 서류를 몇 장 들고 있었다.

"고생했어, 마리. 소개할게, 피네 폰 크라이네르트 양이야. 크라이네르트 공작의 따님이지."

"처, 처음 뵙겠습니다."

"처음 뵙겠습니다. 레오나르트 님의 메이드, 마리라고 합니다. 창구희의 소문은 자주 들었습니다. 소문 이상으로 아름다우시네요. 그리고 확실한 안목도 가지고 계신 것 같아요. 여기 계시는 걸 보니 그런 거겠죠."

"그래. 크라이네르트 공작은 우리 쪽에 붙어줄 거야. 형 덕분에."

"그러지 마, 쑥스럽잖아~."

"훌륭하신 솜씨이십니다. 아르노르트 전하."

장난친 건데 그냥 칭찬받았다.

어떻게 반응해야 할지 몰라 당황하고 있자니 마리가 레오에게 서류를 보여주었다.

그것을 본 순간, 레오의 표정이 어두워졌다.

"끌어들이려 시도하던 자이프리트 백작과 보르만 남작이 각각 잔드라 전하와 고든 전하 쪽으로 넘어갔습니다."

"당했구나. 결정타는 역시 돈인가?"

"네. 양쪽 다 상당한 금액을 받은 모양입니다."

"대상회와 협력관계인 그들하고 금액 승부를 할 순 없으니까. 어쩔 수 없지."

"면목이 없습니다. 보르만 남작만은 어떻게 해서든 진영에 끌어들이고 싶었습니다만……."

보르만 남작은 궁정 귀족, 영지가 없고 제도에서 요직에 있는 귀족 가계다.

그들은 대대로 군무를 맡은 가문이고, 보르만 남작은 군무대신의 측근이다. 군무대신은 병참 관련 업무를 주로 담당한다. 군 내부에서 높은 지지율을 자랑하는 고든이 군무대신까지 장악한다면 군의 대부분이 고든의 손에 떨어지게 된다.

현재 군무대신은 제위 쟁탈전에 참가할 생각이 없는지 어떤 후계자와도 만나려 하지 않는데, 그것도 언제까지 계속될지.

우리가 힘을 기르면 그보다 빠른 속도로 그 녀석들도 힘을 기른다.

"생각대로 안 풀리네."

"하지만 전진하고 있어. 명문인 크라이네르트 공작 가문이 아군으로 붙었고, 높은 지명도를 지닌 피네 양이 와줬으니까. 앞으로는 우리도 움직이기 편해질 거야."

"네! 저도 열심히 하겠어요!"

"나는 한동안 쉴게. 크라이네르트 공작 영지까지 말을 타고 가서 그런지 허리가 아파."

"영감님 같은 말 하지 마."

"한번 가보라고. 허리에 그대로 온다니까."

우리는 그런 이야기를 하며 한때나마 평온을 즐겼다.

■ ■ ■

피네가 제도에 온 지 사흘.

황제에게 인사를 마친 피네는 날마다 우리를 찾아왔다. 당연히 많은 사람들이 그 모습을 목격했고, 제도 전체에 소문이 퍼졌다.

크라이네르트 공작이 레오나르트 황자에게 힘을 실어주기 위해서 창구희를 보냈다고.

뭐 그런 느낌으로 소문이 꼬리에 꼬리를 물며 퍼져나갔다. 소문을 좋아하는 제도의 주민들은 레오와 피네의 사랑 이야기로 발전시킬 것 같지만, 그것도 나쁘지 않다. 아무튼 퍼지기만 하면 크라이네르트 공작이 레오에게 붙었다는 사실도 퍼지기 때문이다.

그런 와중에.

"제도를 안내해 주실 수 있을까요?"

피네가 내게 그런 부탁을 했다.

내게 부탁한 이유는 알고 있다. 레오보다 내가 훨씬 더 제도를 잘 알고 있기 때문이다.

하지만 문제가 있다.

"네가 제도를 돌아다니면 너무 눈에 띄잖아……."

"변장할게요!"

피네는 그렇게 말하며 자신만만한 표정으로 안경을 꺼내서 꼈다.

본인은 변장한 거라 생각하는 것 같지만, 전혀 변장이 안 된 상태다. 피네라는 걸 알아보는 사람이 줄어들지도 모르겠지만, 미인이라는 걸 전혀 감추지 못했다.

안경을 쓰니 지적인 미인이라는 느낌이 더욱 강해졌다. 이쪽이 더 취향에 맞는다는 사람도 적지 않을 것이다. 안경만 써서 변장한 거라고 하는 걸 보니 지적이라고 하긴 힘들겠지만.

"안 돼."

"어, 어째서요?!"

여전히 물러나려 하지 않는 피네를 보고 나는 어이가 없어서 한숨을 쉬었다. 아무래도 이 소녀는 자신이 미인이고 사람들의 시선을 사로잡는다는 걸 눈치채지 못한 것 같다.

푸른 갈매기 머리장식을 선물받은 시점에서 국내 제일의 미인이라는 평가를 받은 거나 마찬가지인데 말이지.

"눈에 띄는 짓을 하고 싶지 않아. 좀 더 눈에 띄지 않게끔 해 오면 생각해 볼 수도 있다고."

어차피 힘들겠지만, 나는 마음속으로 그렇게 말하며 피네의 부탁을 거절했다.

지금 같은 시기에 나와 함께 외출한다는 건 별로 바람직하지 못하다. 이제야 겨우 괜찮은 느낌으로 피네와 레오 이야기가 나돌기 시작했는데, 찌꺼기 황자가 끼어들면 안 된다.

그런 생각을 하면서 오전 시간을 보내고 있자니 점심 시간에 피네가 자신만만한 표정으로 방에 들어왔다.

"제도를 안내해 주세요!"

"눈에 띄니까 싫어."

"변장할게요!"

피네는 좀 전과 마찬가지로 자신만만하게 옷을 한 벌 꺼냈다. 후드가 달린 회색 망토다. 완전히 여행자용.

피네는 그것을 뒤집어쓰듯이 입었다. 얼굴까지 완전히 가려졌기에 척 봐서는 피네라는 것을 알아보는 사람은 없을 것이다.

"누구 아이디어야?"

"세바스 씨께서 가르쳐 주셨어요!"

"세바스, 이 녀석. 호위도 고려해야 하니까 다음에 나가자."

"세바스 씨께서 호위는 아르노르트 님만 계시면 필요없다고 하셨어요!"

"……."

그 집사는 나를 방해할 생각만 하나?

오늘은 이쪽에 붙을 만한 중립 귀족을 정리해두려 했는데…….

그녀가 반짝이는 눈으로 바라보자 나는 한숨을 쉬고 제안을 받아들였다.

"알았어. 바깥에 나가서 식사라도 하자."

"네!"

"너무 오랫동안 있을 순 없어. 너도 여러 사람들에게 회담 신청을 받았지?"

"아뇨, 지금까지는 그런 신청은 없었는데요?"

"……아버지가 마음에 들어했으니까, 그리 간단하게 손을 대려는 녀석은 없는 건가?"

황제는 딱히 피네를 후궁으로 맞이하려는 게 아니다. 그저 아름다운 피네를 딸처럼 마음에 들어할 뿐이다. 하지만 그쪽이 더 골치아프다. 함부로 다가서면 딸에게 남자가 접근했을 때 아버지들이 그렇듯이 황제가 화를 낼지도 모른다.

그리고 레오와 연줄이 있다는 것도 다른 귀족들이 망설이게 하는 이유겠지. 피네에게 다가가면 필연적으로 레오에게 다가가는 것이 된다. 아직 그 정도 판단을 할 수 있는 귀족은 없는 것 같은데.

"뭐, 됐어. 그럼 가자고. 하지만 내가 돌아간다고 하면 돌아와야 한다?"

"네! 잘 부탁드릴게요!"

피네는 밝은 미소를 보이며 기쁜 듯이 대답했다.

■ ■ ■

제도 거리는 항상 활기차다.

그런 거리를 피네가 즐겁게 구경하고 있었다.

"아르노르트 님. 저쪽은 뭔가요?"

"저긴 감정 상점이야. 저곳의 증명서가 있으면 비싸게 팔 수 있지. 아~, 그리고 아르라고 불러도 돼."

"그래도 되나요? 애칭 아닌가요?"

"만에 하나라도 들키면 곤란하니까, 아르라고 불러도 돼."

"……앞으로도 그렇게 불러도 될까요?"

피네는 나를 들여다보았다.

나를 아르라 부르는 사람은 별로 없다. 하지만 본인이 그렇게 부르고 싶다면 딱히 말릴 이유도 없지.

"마음대로 해."

"네! 아르 님!"

뭐가 그렇게 기쁜 건지.

나는 자잘한 것만으로도 기뻐하는 피네를 보고 감탄하며 제도를 안내해 주었다.

중간에 단골 요리집에서 식사를 하고 제도의 주요 시설을 대충 둘러보았다.

그러던 와중에 어린아이들이 마법을 써서 놀고 있는 모습이 보였다. 매우 초보적인 수속성 마법을 사용해서 물을 뿌리고 있었다.

"정겨운데. 예전에는 아이들하고 거리에서 저렇게 놀곤 했지."

"아르 님께서요?"

"성을 자주 빠져나오곤 했으니까. 요즘은 마음 편히 만날 수가 없지만, 그래도 가끔은 만나. 그때 함께 놀았던 친구들하고."

"신분을 뛰어넘은 우정인가요……, 부럽네요. 저는 친구가 그다지 많은 편이 아니라서……."

"제도에서는 얼마든지 만들 수 있을 거야. 좋은 녀석도, 나쁜 녀석도 잔뜩 있으니까. 그중에서 신뢰할 수 있는 녀석하고 친구가 되면 돼. 예전부터 친구였다고 좋은 것만도 아니거든. 우정에 시간은 상관없으니까."

"아르 님……."

피네는 내가 한 말을 듣고 조금 감동한 모양이었다.

멈춰 서서 내가 한 말을 곱씹고 있었다. 그러지 말았으면 하는데. 딱히 대단한 말을 한 것도 아니고.

호들갑을 떠는 피네를 보고 쓴웃음을 짓고 있자니 아이들이 나와 피네 옆까지 도망쳐 왔다.

뒤에서 쫓아온 아이는 세 명 정도. 아마 술래 역할일 것이다. 수속성 마법을 일제히 날렸다.

하지만 그 마법은 도망친 아이들을 맞추지 못했다. 그리고.

"꺄악?!"

그 앞쪽에 멈춰 서 있었던 피네에게 제대로 맞았다.

마법을 여러 번 제대로 맞은 탓에 피네의 옷은 양동이에 담겨 있던 물을 뒤집어쓴 것처럼 흠뻑 젖어버렸다.

"괜찮아?"

"아, 네. 아무렇지도 않아요."

"죄송합니다~."

"아뇨, 괜찮아요."

피네는 그렇게 말하며 다가온 아이들에게 미소를 보였다.

후드 너머로 피네의 미소를 본 아이들은 넋이 나갔다가 바로 어떤 사실을 깨닫고 얼굴을 붉혔다. 아이들이 바라보고 있던 피네는 고개를 살짝 갸웃거렸다.

나는 아이들의 시선을 통해 중대한 문제가 발생했다는 사실을 깨달았다. 그렇구나. 아이들에게는 자극이 너무 심하겠어.

"피네. 이쪽으로 와!"

"네? 아르 님?"

피네의 손을 잡고 급하게 그곳을 떠났다.

한동안 뛰어간 다음, 뒷골목으로 들어갔다. 피네는 숨을 고르면서 내게 물었다.

"허억, 허억, 허억……, 아르 님……, 왜 그러시나요……? 허억, 허억."

"옷이 비쳐보여."

"네?"

더 이상 지적하기도 뭣했기에 나는 눈을 돌리며 손가락으로 가리켰다.

피네는 그제야 자신의 옷을 보고는 그 참상을 깨달았다.

"하으으으으?!"

피네는 얼굴을 붉히며 몸을 가렸다.

피네가 입고 있던 옷은 물에 젖어서 다 비쳐 보였고, 청초한 느낌인 하얀 속옷이 위아래 모두 보이고 있었다.

어떻게든 회색 망토로 몸을 가리려 했지만, 전부 다 가리지는 못했다.

"어쩔 수 없지. 옷을 사자. 감기라도 걸리면 곤란하니까."

"오, 옷이요……?"

"근처에 아는 가게가 있어."

나는 그렇게 말하고 피네의 손을 잡은 채 최대한 사람이 없는 길을 통해 작은 옷가게로 들어갔다.

"오? 전하께서 오셨군요. 무슨 일이시죠?"

옷가게 주인은 옷차림과 헤어 스타일이 매우 특이한 남자였다.

예전부터 성에서 빠져나와 이곳에서 옷을 조달한 다음 놀러가는 게 거의 습관이었다. 세바스가 신변조사를 해서 의심스러운 부분이 전혀 없는 남자라는 사실은 알고 있다.

"여자 옷을 좀 보여줘."

"여장해서 어디 가시게요?"

"내가 입을 게 아니야! 에휴, 이 사람이 입을 거라고. 됐으니까 보여줘."

"어라, 어라. 여자분을 데리고 오시다니, 신기하네요."

가게 주인은 그렇게 말하면서 가게에 있던 여성복을 하나씩 꺼냈다. 후드를 뒤집어 쓰고 있으니 사연이 있다는 걸 눈치챈 모양이었다. 역시 캐묻지는 않는구나. 덕분에 살았다.

피네는 주인이 꺼내준 옷을 번갈아가며 보았지만, 그 옷들은 전부 마을 소녀들이 입을 만한 옷이었다. 공작 가문의 아가씨가 입을 만한 옷은 아니다. 어떤 게 좋을지 알 수가 없는 모양이라 두리번거리고만 있었다.

피네가 한동안 고민한 다음, 작은 목소리로 물어보았다.

"어떤 걸 입으면 될까요?"

"마음에 드는 걸 고르면 되잖아. 어차피 오늘만 입을 건데."

"네? 그러면 너무 아깝지 않나요?"

"아깝다니……."

공작 가문의 딸인데, 정말 착실하구나.

크라이네르트 공작은 정말 딸을 잘 키운 것 같다. 장남 교육은 실패했지만.

아무튼 어서 고르라고 재촉하자 피네는 눈살을 찌푸리며 고민했다.

그리고 내가 있는 쪽을 몇 번 힐끔거린 다음 결심했다는 듯이 물어보았다.

"아, 아르 님의 취향은 어떤 건가요?"

"나? 나 말이지."

같이 다니면서 붕 뜨지 않는 정도로는 센스가 괜찮은 옷을 입었으면 하는데.

그리고 평소 인상도 있고 하니.

나는 하얗고 간소한 원피스를 손가락으로 가리켰다.

그러자 피네는 깜짝 놀랄 정도로 빠르게 그 원피스를 들고는 가게 안쪽에 있는 탈의실로 들어갔다.

"좋네요. 풋풋해서."

"내가 여자를 데리고 왔다고 떠들어 대지 마라?"

"예이, 예이, 그런 말은 안 하지요. 그런데 사연이 있으신 모양이군요. 당신이 여자를 데리고 돌아다니는 일은 거의 없었으니까요. 뜻밖이었습니다."

"딱히 신기한 일도 아니잖아?"

"친구들하고 놀러다니긴 하셨지만, 특정한 여자를 데리고 돌아다니신 적은 없잖습니까? 드디어 전하께서도 자리를 잡으실 시기인가요?"

"마음대로 생각해."

그런 이야기를 하고 있자니 피네가 커튼을 제치고 모습을 드러냈다.

얼굴은 후드로 가리고 있긴 하지만, 하얀 원피스가 잘 어울린다는 건 알 수 있었다. 피네는 기본적으로 흰색이 어울리는구나.

"어, 어떤가요……."

"어울리는 것 같은데."

"네, 잘 어울리십니다. 전하, 지불은 평소대로 하실 겁니까?"

"그래, 나중에 세바스가 누굴 보내겠지. 항상 미안하군."

"아뇨, 아뇨. 전하께서 애용해주시는 곳이라 나쁜 녀석들이 눈독을 들이지도 못하거든요. 그럼 데이트를 즐겨주십시오."

"데, 데이트?!"

"그냥 거리를 안내해 주는 거야. 착각하지 마라."

"목적이 뭐든지 젊은 남녀가 외출을 하면 그게 데이트죠."

우리는 그런 식으로 놀림을 당하며 가게를 나섰다.

한동안 피네는 좀 전에 들은 말을 의식해서 그런지 얼굴이 빨 갛게 물들어 있었고, 반응도 이상했다.

다음에 두고 보자, 옷가게 주인 녀석.

■ ■ ■

오랫동안 나오는 건 힘들다고 했지만, 제도를 안내하다 보니 시간이 꽤 지났다.

슬슬 돌아가야겠다고 생각했을 때, 피네가 액세서리를 파는 가 게를 발견했다.

"에휴……, 너무 오래 있진 마라?"

"네!"

안을 보고 싶다고 시선으로 호소했기에, 어쩔 수 없이 허락해 주었다.

피네는 나름대로 조심하고 있는지 떼를 쓰지 않았다. 하지만 눈은 입만큼 수다스럽다는 말처럼 눈으로 호소하는 게 장난이 아 니다.

이게 몇 번째인지. 지쳐버린 나는 가게에 들어가지 않고 바깥 에서 기둥에 등을 기댔다.

하지만, 손님이 나를 쉬게 해주지 않았다.

"어라, 어라? 거기 있는 사람은 혹시 찌꺼기 황자 아닌가?"

밉살스럽고 귀에 거슬리는 목소리를 들은 나는 눈살을 찌푸렸다.

솔직히 만나고 싶지 않은 녀석을 만나버렸네.

부하들을 줄줄이 데리고 나타난 사람은 갈색 머리카락을 바가지처럼 뒤집어쓰고 있는 청년이었다.

몸매가 호리호리하고 헤어 스타일 센스가 안 좋다. 하지만 스스로는 멋지다고 생각하는지 자신만만하다.

이름은 기드 폰 호르츠바트. 귀족 중에서는 두 번째로 오래된 역사를 지닌 호르츠바트 공작의 아들이자 본의 아니게 내 소꿉친구다.

호르츠바트 공작은 제도 근처에 영토를 가지고 있다. 그 때문에 제도에서 지내고 있고, 이 녀석도 성에 자주 오곤 했다. 동갑이어서 주위 어른들은 나나 레오를 이 녀석과 붙여주었다. 수업이나 대련도 함께한 사이다.

단, 이 녀석이 좋게 대해준 건 레오뿐이었다. 나는 마구 괴롭혔다. 주위에 있는 부하들도 그때부터 같이 괴롭혔던 동료다. 복수도 하지 않고, 고자질도 하지 않는다. 게다가 주위 어른들도 거들떠보지 않는다. 딱 좋은 표적이었을 것이다.

자기보다 지위가 높은 황자를 괴롭힘으로써 우월감을 느끼고 있었을지도 모르겠다.

성장한 지금도 이렇게 만날 때마다 시비를 걸곤 한다.

"기드냐……, 신기하네. 이런 곳에서 만나다니."

"마차를 타고 가다 보니 아무리 봐도 황자 같지가 않을 정도로 궁상 떠는 얼굴이 보여서 말이지. 제국 귀족으로서 말을 걸어야겠다는 생각이 들었거든."

"그거 고맙네."

"뭐야? 그 태도는."

기드는 들고 있던 지팡이로 내 발등을 꾹꾹 눌러댔다.

그리고 짜증 난다는 듯한 표정으로 말했다.

"다른 사람들의 시선이 있어서 때리지 못할 거라 생각하는 거냐? 너를 때려봤자 화제도 안 될 텐데? 네 얼굴 같은 건 아무도 신경 쓰지 않아."

"글쎄다. 요즘은 레오가 유명하니까 내 얼굴도 많이 알려졌을지 모르겠는데."

제도의 백성이라 해도 모든 황족의 얼굴을 아는 게 아니다. 내 악명이 널리 퍼지긴 했지만, 검은 머리카락에 검은 눈 정도만 파악하고 있을 것이다. 행사 같은 걸 할 때 백성들 앞에 모습을 드러내긴 하지만, 멀리서 보기 때문에 확실한 외모는 알 수가 없다.

하지만 요즘은 레오가 유명해지기 시작했다. 똑같이 생긴 내가 얻어맞기라도 한다면 분명히 큰일이 벌어질 것이다.

"너는 레오나르트가 아니야. 보면 알지. 몸을 움츠리고 다니고, 항상 옷을 대충 걸치고 다니고, 땅만 보고 다니지. 자신감이 없다는 걸 알 수 있어. 누가 너를 황족이라고 생각하겠냐? 행동거지를 놓고 보면 너는 황족 발치에도 못 미친다고!"

기드는 그렇게 말하고 지팡이로 있는 힘껏 내 정강이를 쳤다. 통증 때문에 인상을 쓰긴 했지만, 쓰러질 정도까지는 아니었다.

이런 곳에서 눈에 띨 수는 없다. 지금은 아직 귀족이 누군가에게 시비를 걸었다고 생각하겠지만, 사람들이 주목해서 내 얼굴이 황족과 닮았다는 사실을 알게 되면 소동이 벌어진다. 그렇게 되면 어떤 결과가 생기든 귀찮게 된다. 어떻게 해야 할까.

"무슨 일이죠?"

나도 모르게 혀를 찰 뻔했다. 설마 지금 나오다니. 사태를 복잡하게 만들지 말아줬으면 하는데.

피네는 기드가 지팡이로 다시 내 다리를 때리는 모습을 보고 화를 냈다.

"무례한 짓을!"

"응? 뭐지? 네 시종이냐?"

"거듭 무례한 분이시네요."

피네는 그렇게 말하고 후드를 벗었다.

기드는 한순간 그 미모에 넋이 나갔지만, 그 사람이 누군지 눈치채고 깜짝 놀랐다.

"다, 당신은……, 피, 피네 양?!"

"네, 저는 피네 폰 크라이네르트입니다. 당신은?"

"저, 저, 저는 기드 폰 호르츠바트. 호르츠바트 공작의 장남입니다."

"정중하신 호르츠바트 공작님의 아들이라고요? 안타깝네요. 더 예의 바르신 분일 줄 알았는데요."

실망한 듯한 표정을 지은 피네를 보고 기드가 허둥대며 변명하기 시작했다.

그 모습은 정말 꼴사나웠다. 체면을 중시하는 기드에겐 정말 마음에 안 드는 상황이겠지. 이렇게 많은 사람들 앞에서 비판당하다니, 아마 기드의 자존심이 용납하지 않을 것이다.

"아, 아닙니다! 이 녀석은."

"아르노르트 렉스 아드라 황자님. 찌꺼기 황자라 불리는 황자에게는 무슨 짓을 해도 된다는 건가요? 황족에 대한 존중이나 충성은 없나요?"

"아, 아뇨, 그런 게 아니라……."

나는 피네를 노려보았다.

여기서 피네가 기드의 체면을 뭉개는 건 위험하다. 피네는 창구희, 제도에서 압도적인 인기를 자랑하는 데다 황제가 마음에 들어 하는 사람이다. 그런 피네라면 나를 도와주는 것도 간단하겠지만, 기드의 체면을 뭉개는 방식을 쓰면 안 된다.

이렇게 별일 아닌 걸로 적을 만들 필요는 없다. 마음대로 하게 내버려 두면 기드도 만족할 테고, 일방적으로 나를 때리면 상대방의 평판만 떨어질 뿐이니까.

그만두라는 의미로 계속 노려보았지만, 피네는 아랑곳하지 않았다.

그리고 피네는 터무니없는 말을 하기 시작했다.

"애초에……, 제가 아르노르트 황자님과 함께 외출할 것 같은가요?"

"어……?"

피네가 나를 똑바로 바라보았다. 나는 피네의 의도를 눈치채고 한숨을 쉬었다.

이렇게 된 이상 어쩔 수 없다. 피네의 계획에 가담할 수밖에 없다.

"곤란한데요, 피네 양. 당신이 소문나는 게 싫다고 해서 일부러 형의 옷을 입으면서까지 형 행세를 했는데……."

"죄송합니다, 레오 님."

"어, 아, 레, 레오나르트……?"

"네, 그렇습니다. 기드 씨."

머리카락과 옷을 단정하게 다듬고 등을 폈다. 말투도 레오 흉내를 내면서 부드러운 표정을 지었다.

내가 그렇게 갑자기 변하자 기드는 눈을 크게 떴다가 바로 자신이 한 짓을 떠올린 모양이었다. 얼굴이 단숨에 새파랗게 질렸다.

"레, 레오나르트……. 그게 아니야. 이건, 저기……."

"괜찮아요, 기드 씨. 당신이 형에게 이런 짓을 한다는 건 알고 있었고, 형이 아무런 말도 하지 않는 이상, 제가 무슨 짓을 할 생각은 없어요. 그래도 오늘은 이만 물러나 주시죠. 피네 양에게 제도를 안내해 드리고 있으니까요."

"그, 그래……. 그, 그렇게 하지……."

기드는 껄끄러운 표정을 지으며 돌아갔다.

나라면 모를까, 레오에게 무슨 짓을 하게 된다면 피네가 말한 대로 황족에 대한 존중이나 충성이 없다는 평가를 받게 될지도 모른다. 레오는 제위 쟁탈전의 네 번째 주자이고 차기 황제가 될지도 모르는 황자다. 나와는 전혀 다르다.

기드도 더 이상 사태를 복잡하게 만드는 건 위험하다는 걸 알고 있을 것이다. 재빨리 돌아가는 모습은 소인배 그 자체였다. 하지만.

"꽤 제멋대로 해줬어."

"죄송합니다……."

"에휴……, 아무튼 가자."

일단 이곳을 떠나야만 한다. 사람들의 시선을 너무 많이 끌었다. 빠른 걸음으로 이동해서 성 근처까지 갔다. 나는 그곳에 멈춰서서 피네를 보았다.

피네는 울상을 지으며 나를 보고 있었다.

"……멋대로 행동했지?"

"드릴 말씀이 없네요……."

"그대로 내버려 두었다면 그 녀석의 평판만 떨어졌을 거야. 하지만 이번 일 때문에 그 녀석은 나나 레오에게 적개심을 품었겠지. 게다가 레오가 내 행세를 하고 있을지도 모른다는 정보 때문에 나도 움직이기 힘들어졌어."

"……."

그대로 울음을 터뜨릴 것 같은 기세로 피네의 눈에 눈물이 맺히기 시작했다.

나는 그 모습을 보고 눈을 돌렸다.

지금 피네에게 무슨 말을 하더라도 달라질 건 없다. 이미 일어나버린 일을 책망해봤자 소용이 없다.

"알았으면 다음부터 너무 멋대로 행동하지 마. 네가 위험해질 수도 있어. 함부로 행동하지 말아줘."

"네……."

울음을 터뜨릴 것 같은 표정은 여전하다.

고개를 숙인 피네를 보고 어떻게 해야 할지 망설이다가, 결국 어떻게 하진 못하고 말만 걸었다.

"그래도……, 나를 생각해서 한 행동인 건 알아. 고마워."

"……아르 님……."

"미안해, 모처럼 즐겁게 지내고 있었는데 뒷맛이 씁쓸하게 끝내버려서."

"아, 아뇨! 아르 님 때문에 그런 게 아닌데요! 제가 경솔했어요! 다음부터는 조심할게요! 그, 그러니까……, 또 안내해 주실 수 있을까요?"

"그래, 다음에는 나도 변장하도록 할게."

그렇게 말하자 피네는 바로 표정이 밝아졌고, 빛나는 듯한 미소를 지었다.

나는 그 미소를 본 것만으로도 일부러 제도를 안내해 준 보람이 있었다는 생각을 하며 피네를 데리고 성으로 돌아갔다.

☞ 제2장 기사 수렵제

1

 황제의 자식이라 해도 매일 황제를 만날 수 있는 건 아니다. 광대한 제국을 통치하는 황제는 바쁘기 때문이다.

 황제는 거의 매일 신하들과 회의를 하지만, 거기에 참가할 수 있는 건 중요한 직책에 있는 사람뿐이다. '중신 회의'라 불리는 그 어전회의에 참가할 수 있는 자식은 지금까지는 제2황자뿐이다.

 하지만 그날은 제도에 있는 황자, 황녀가 모두 중신 회의에 참가하라는 명령을 받았다.

 "신기하네, 이유가 뭐지?"

 "이런 일은 1년에 1번 있을까 말까 한데. 뭔가 보고할 게 있는 거겠지."

 피비린내 나는 제위 쟁탈전을 멈추라는 상식적인 발언은 기대할 수 없다. 오히려 제위 쟁탈전에서 이기고 살아남아야 제국의 황제에 어울린다고 생각하는 아버지다.

 아버지이기 전에 황제. 넓은 제국을 유지하고 발전시킬 수 있는 우수한 후계자를 준비하는 것이 황제의 책무라고 대놓고 말하는 사람이기도 하다. 그러기 위해서는 다소의 희생도 불사할 것이다.

 "보고라……, 좋은 보고라면 좋겠는데."

"아마 제대로 된 보고는 아닐걸."

"그러지 않기를 빌어야지. 자, 망토를 제대로 걸쳐."

레오는 어이가 없다는 듯이 내가 들고 있던 어깨에 걸치는 망토를 손가락으로 가리켰다.

이 망토는 황족 전용이다. 이것을 걸침으로써 약식으로나마 정장 차림이라 할 수 있다. 귀찮긴 하지만 황제 앞에 나서는 이상, 걸치지 않을 수는 없다.

"귀찮은데."

"그런 말을 하다간 또 아버님께 혼날걸?"

"예이, 예이, 알겠습니다요."

우리는 그런 이야기를 하면서 황제의 옥좌가 있는 '옥좌의 방'으로 향했다.

■ ■ ■

"다들 고생이 많구나."

"황제 폐하를 뵙습니다."

옥좌에 앉은 금발 남자를 향해 모두가 무릎을 꿇고 고개를 숙였다.

아드라시아 제국의 제31대 황제. 요하네스 렉스 아드라. 나이는 51세. 하지만 겉으로 보기에는 아직 40대 초반 같다.

600년 이상 이어져 내려온 제국의 황제이자 우리 아버지다.

그 주위에 있는 사람들은 모두 문관과 무관들을 이끄는 중신들 뿐이다.

그런 그들의 시선은 나를 포함한 황제의 아이들을 향해 있었다. 그 숫자는 11명.

"황자 아홉 명에 황녀 두 명. 결석한 자는 없는 것 같군. 국경에 있는 장녀는 아쉽지만, 뭐, 그건 그냥 내버려둬도 된다. 나는 기쁘구나, 아이들아."

죽은 큰형까지 포함해서 아이를 열세 명 둔 아버지는 만족스럽다는 듯이 모인 아이들을 바라보았다.

위로는 28세, 아래로는 10세. 이렇게 다 모이는 경우는 별로 없다.

그런 와중에 덩치가 큰 남자가 목소리를 냈다.

"황제 폐하. 이번에는 무슨 용건으로 부르셨는지요? 전쟁이라면 부디 제게 맡겨주십시오. 제국의 위엄을 남김없이 적국에게 때려 넣겠습니다!"

커다란 갑옷을 걸치고 붉은 머리카락에 덩치가 큰 남자. 제3황자 고든 렉스 아드라다. 장군 중 한 명이자 '황자' 중에서는 최강의 무인이기도 하다.

사람에 따라서는 위풍당당하다는 표현을 쓰기도 하지만, 내가 보기에는 오만불손이라는 표현이 더 잘 어울리는 것 같다. 그 정도로 자신만만하고 잘난 척한다.

호전적인 군의 매 파는 기본적으로 고든의 아군이다. 이 녀석이 황제가 되면 제국은 계속 확대정책을 실시하게 될 것이다. 대륙의 강국들과 싸우며 대륙통일까지 노릴지도 모른다. 전공을 원하는 사람들이 보기에는 좋은 황제겠지.

전쟁을 원하지 않는 자들이 보기에는 최악에 가까운 황제겠지만.

"고든, 너는 여전하구나."

"입만 열면 전쟁, 전쟁. 근육뇌에도 정도가 있지. 보렴, 폐하께서도 곤란해하시잖니?"

쓴웃음을 지은 아버지를 보고 녹색 머리카락을 길게 기른 여자가 이야기를 꺼냈다.

검은 로브로 몸을 감싼 그 여자는 제2황녀, 잔드라 렉스 아드라. 예쁘게 생겼지만 눈매가 사납다. 그 때문에 전체적으로 무서운 인상이다. 아마 안 좋은 성격이 그대로 눈매에 나타났을 것이다. 실제로 그 무서운 인상은 사실이다.

세 라이벌 중에서 가장 잔인한 게 이 잔드라다. 그 성격 때문에 잔드라는 금술로 취급되는 마법을 선호하며 계속 부활시키고 있다. 그것이 마도사들에게 호평받는 이유다.

이 녀석이 황제가 되면 제국은 마법 대국이 될 것이다. 다만 비인도적인 연구도 용인하는 미친 나라겠지만.

"흥, 허약한 마도사는 이해할 수가 없겠지. 전장에서 활약하고 전장에서 사라지는 게 무인의 영예니까. 계속 참견하면 비틀어 뭉개버린다?"

"어머? 말을 참 살벌하게 하는구나. 그렇게 영예를 원한다면 내가 선물해 줄까?"

단숨에 주위의 분위기가 팽팽해졌다. 누가 살벌하다는 건지. 죽인다고 하는 거나 마찬가지인데.

용케도 황제 앞에서 그렇게 싸울 수가 있구나. 이 녀석들은 대체 어떻게 돼먹은 거지?

그런 생각을 하고 있자니 헛기침을 하는 푸른 머리카락 남자가 있었다.

"동생과 여동생의 무례를 용서해 주십시오. 황제 폐하."

그 남자는 그렇게 말하고 고개를 숙였다. 그 남자는 아이들 중에서 가장 황제와 가까운 곳에 있었다. 키가 컸고, 안경 너머로 보이는 눈빛이 날카로웠다.

제2황자, 에리크 렉스 아드라.

아이들 중에서 유일하게 외무대신으로서 중신 회의에 출석할 수 있는 권리를 가지고 있으며 다른 나라와의 외교를 지휘하는 천재. 두뇌만 놓고 보면 죽은 황태자 이상이라는 평가를 받고 있으며 현재 제위에서 가장 가까운 남자다.

이 녀석이 황제가 되면 제국은 틀림없이 안정적일 것이다. 하지만 냉정하고 냉철한 이 남자의 통치는 백성들에게 답답하게 느껴질 것이다. 그리고 현실주의자인 이 남자는 미래의 반란 분자를 살려두지 않는다. 이 녀석이 황제가 되면 분명히 우리는 살해당한다.

그렇기 때문에 우리는 제위 쟁탈전에 뛰어들 수밖에 없다.

대표로 사죄하는 에리크를 고든과 잔드라가 노려보았다. 좋은 역할을 에리크에게 빼앗긴 형태니까.

"됐다. 경쟁하는 것은 좋은 일이다. 나도 그렇게 황제가 되었으니까."

경쟁은 나중에 사투가 된다.

그 사실은 이곳에 있는 모두가 알고 있다. 그럼에도 불구하고 황제는 그것을 용인한다. 그것이 제국에 도움이 될 거라고 믿기 때문이다.

"그러니 모두에게 경쟁을 하게끔 만들려고 한다. 그러기 위해서 내가 너희에게 모이라고 한 것이야."

"힘 대결이라면 바라던 바입니다."

"기다려 보거라, 고든. 뭐든지 그렇게 간단히 받아들이지 말거라. 이제 열 살인 막내 동생과 네가 어떻게 힘 대결을 할 셈이지? 그래서 이번에 나는 수십 년만에 어떤 축제를 부활시키려 한다."

"축제, 말씀이십니까?"

에리크가 한 말을 듣고 아버지가 고개를 끄덕인 다음 씨익 웃었다.

이 사람은 젊은 시절에 전장에서 용맹을 떨친 무인이었고, 직접 군을 이끌던 전투에서는 패배를 모르는 명장이다. 가끔 호쾌한 미소를 지을 때 그런 구석이 드러나곤 한다.

"기사 수렵제. 각 근위기사대가 사냥한 몬스터의 희귀도나 크기를 경쟁하는 축제다. 몬스터가 국토에 많았던 시절에는 자주 개최되곤 했지만, 최근에는 모험가들이 우수하니 사라진 축제지.

그것을 부활시키려 한다."

근위기사란 제국의 최고 정예다. 황제 직속의 기사단이며, 영주를 모시는 기사들과는 수준이 다르다.

제국의 비장의 수이자, 군이 고전할 경우에는 원군으로 파견되어 승리를 가져오는 황제의 검들이다. 그들은 오직 황제에게만 충성을 바친다.

그런 자들을 동원해서 축제를 벌인다면 규모가 꽤 커지겠는데.

"그렇군요. 요즘은 몬스터의 활동이 활발해졌으니까요. 그런데 모험가 길드에서 그걸 받아들일까요?"

모험가가 하는 일은 대륙 전토의 백성을 몬스터로부터 지키는 것. 다시 말해 몬스터를 사냥하는 것이 그들의 생업이다. 물론 그렇지 않은 의뢰도 있긴 하지만, 대부분 몬스터 관련 일을 하게 된다.

그런 모험가들은 자신들의 일을 빼앗을지도 모르는 축제를 탐탁치않아 할 것이다.

"그건 걱정할 필요 없다. 길드 본부에 허가를 받아두었으니까. 제국 각지에 있는 지부에서는 최근에 제국에서 발생하는 희귀 몬스터의 피해에 완전히 대처하지 못하고 있기에 꼭 그렇게 해달라더군. 크라이네르트 공작도 몬스터 때문에 고생을 많이 한 모양이니까. 그쪽도 협조적이다."

그 이야기는 순순히 받아들이기 힘든데.

제국처럼 몬스터가 별로 없는 지역에 길드 지부가 있는 건 제국이 유지비를 부담하고 있기 때문이다. 다시 말해 몬스터가 나오면 부탁합니다~, 라는 의미다. 하지만 모험가 길드는 크라이네르트 공작 영지에서 그 비용에 맞는 활약을 하지 못했다. 실버는 모험가 길드가 아닌 루트로 움직였고, 실버가 해결했기 때문에 모험가 길드의 공이라고 할 수는 없다.

그런 부분까지 감안해서 진짜로 오간 이야기는 이런 느낌이겠지.

『비싼 돈을 내고 있는데 몬스터를 토벌하지 못했다니, 무슨 소리야?』

『죄송합니다……..』

『우리나라에서 몬스터 토벌도 할 겸 축제를 개최할 건데, 승인해라?』

『아뇨, 저기……, 그건……, 저희 쪽에서 승인하긴 좀……..』

『어엉? 그럼 우수한 모험가를 보내라고.』

『그, 그것도 좀……..』

『둘 중 하나는 해야지?』

『……그, 그러면 축제 쪽으로……..』

이런 느낌이겠지.

이렇게 만만하지 않은 아이들의 아버지다. 크라이네르트 공작 영지에서 있었던 일을 거래할 때 써먹지 않았을 리가 없지.

길드 본부에서도 현지의 모험가와 제국 사이에 껴서 힘들었겠는데.

뭐, 최근에는 제국 영지 안에 지금까지보다 훨씬 많은 몬스터들이 나오고 있긴 하지. 게다가 레벨이 높은 몬스터가.

아무런 대책을 내놓지 않으면 백성들이나 농작물은 물론이고 모험가들에게까지 피해가 생길지도 모른다. 그런 의미에서는 제국의 정예인 제국 근위기사단으로 레어 몬스터를 사냥하는 것은 묘책이다. 축제 형태로 하면 수익도 기대할 수 있고, 백성들도 안심할 수 있다. 역시 황제구나. 좋은 생각을 떠올렸어.

하지만 그 축제에서 우리를 어떻게 써먹을지가 문제다.

"알겠습니다. 다시 말해 저희가 기사 부대를 이끌고 몬스터를 사냥하라는 말씀이시군요?"

"역시 에리크구나. 눈치가 빠르군. 내가 직접 너희에게 기사들을 나누어 주마. 함께 출격해도 좋고, 좋은 소식이 들어오길 기다려도 좋다. 아무튼 축제 분위기를 살릴 수 있도록 하거라."

황제는 그렇게 말하며 이야기를 마무리했다. 일부러 직접 나누어 주겠다고 한 것은 우수한 기사를 자신 쪽으로 끌어들이기 위한 공작을 하지 못하게 하려는 의도일 것이다.

출격해도 좋고 기다려도 좋다고 한 것은 앞에 나서기 힘든 사람에 대한 배려로 들리지만, 기사는 함께 앞으로 나설 수 없는 자에게 충성을 맹세하지 않는다. 그것은 제위를 노리는 자에게 치명적인 타격이다.

황제 입장에서는 제위를 노리는 자라면 싸우지 않더라도 최소한 같은 곳에 서는 각오를 하라는 거겠지. 그런 모습을 보여주지 않는다면 제위를 노릴 자격도 없다는 건가?

"황제 폐하. 축제 이야기는 이해했습니다만, 한 가지만 여쭙고 싶습니다."

"뭐지? 고든."

"그 축제에서 이긴다면 무엇을 받을 수 있을지요? 자살한 것으로는 의욕이 생기지 않습니다만."

"흐음, 그렇겠지. 너는 뭘 원하느냐?"

"물론 황태자 자리입니다."

고든은 아무렇지도 않게 말했다.

잔드라는 시선으로 죽일 수만 있다면 죽여버리고 싶다는 듯한 눈초리로 노려보고 있었고, 에리크도 겉으로는 냉정한 것 같지만 마음속으로는 짜증이 났겠지.

"너는 솔직한 녀석이로구나. 좋다, 솔직한 너를 봐서 나도 솔직하게 말해주마. 황태자 자리를 이런 축제로 정할 수는 없다."

"당연하지, 이런 축제로 황태자를 정하면 다른 나라의 비웃음을 살 거야."

"그렇단다, 잔드라. 하지만 상을 주지 않을 수는 없지. 그래서 말이다. 나는 우승자를 전권 대사로 임명하려 한다. 어떤 나라에 파견할지는 다른 나라의 움직임에 따라 달라지겠다만."

모두가 깜짝 놀랐다. 전권 대사를 황자나 황녀가 맡게 되면, 적어도 그 대사가 파견된 나라는 그 황자나 황녀를 유력한 후계자 후보라고 여길 것이다. 그리고 파견된 자는 파견된 나라와 연줄을 만들 수 있다.

제위를 노리는 자가 보기에 그 직책은 욕심나기 그지없는 자리일 것이다.

가장 이익이 적은 사람은 외무대신인 에리크겠지만, 그럼에도 불구하고 전권 대사라는 지위는 욕심날 테고, 무엇보다 외무대신이면서 다른 후보자에게 외교의 장을 빼앗긴다는 건 자존심과 명성에 상처가 된다.

잃을 것이 있는 이상, 에리크도 온 힘을 다해 나서겠지.

누구 밑으로 가더라도 근위기사들은 온 힘을 다해 싸울 것이기 때문에 결국에는 황자, 황녀들의 지휘에 따라 결과가 달라지게 된다.

골치 아프게 될 것 같다. 나는 그런 생각을 하면서 레오를 우승시키기 위한 책략을 짜기 시작했다.

2

"골치 아프게 되었군요."

"진짜 그렇다니까. 이번 축제는 우리에게 위기야."

다음 날 아침. 곧바로 세바스와 피네를 방으로 불러서 작전회의를 열었다.

세바스는 역시 사태가 얼마나 심각한지 이해하고 있는 모양이었다.

"위기? 좋은 기회인 것 같은데요……. 기사들은 폐하께서 공평하게 나누어 주실 테고, 레오 님께서 얼마나 우수하신지는 아르 님께서 가장 잘 알고 계시지 않나요?"

"에휴……."

"바, 방금 한숨 쉬신 건 바보 취급하셨기 때문이죠?! 저도 이제 알아요!"

소리치는 피네를 보고 어쩔 수 없이 내가 설명하기 시작했다.

실제로 피네의 생각은 잘못된 게 아니다. 절반 정도는 맞았다.

"이번 축제는 좋은 기회이기도 하지만, 그와 동시에 위기이기도 해. 좋은 기회라는 건 레오가 전권 대사가 될 가능성이 있다는 점이야. 위기라는 건 라이벌인 세 명 중 누군가가 전권 대사가 되면 우리가 겨우 따라잡은 그들이 더욱 멀어질 거라는 점이지. 제4세력이라고는 해도 아직 다른 세 사람과는 거리가 있으니까. 세 사람 중 누군가가 전권 대사가 된다 해도 다른 두 사람은 어떻게든 따라잡을 수 있지만, 우리는 그럴 힘이 없어. 어지간한 이변이 일어나지 않는 한, 제위 쟁탈전에서 탈락하게 되겠지."

"그, 그런 건가요?! 크, 큰일이네요! 어떻게든 해야죠!"

아으으, 그렇게 말하며 허둥대기 시작한 피네는 의자에서 일어나 방안을 돌아다녔다.

나는 그녀를 내버려두고 세바스에게 물었다.

"정보는 모았어?"

"그리 많진 않습니다. 기사단도 어제 이야기를 들었다고 하는군요. 황제 폐하와 측근분들끼리만 정하신 거겠지요."

"그렇다면 더더욱 꼼수를 쓰긴 힘들겠는데. 승패의 행방은 후보자들의 실력과 운에 달렸나…….."

레어 몬스터와 마주칠 수 있는지 여부. 이건 진짜로 운에 달렸다. 아무리 실력이 좋다 해도 발휘할 기회가 없다면 의미가 없다.

"정보가 또 하나 있습니다. 기사단의 예상으로는 개최지가 제국 동부라고 합니다."

"동부? 어째서?"

"몬스터의 피해가 가장 크고 모험가들의 토벌 속도가 따라잡지 못하는 지역이기 때문이라고 합니다. 그리고 다른 지역에는 기사대가 파견되었지만, 동부만은 그렇지 않다고 하는군요."

"일부러 남겨두었던 동부를 축제 개최지로 삼다니. 아버님이라면 충분히 그러실 수 있지."

제국 전토에서 몬스터를 사냥할 순 없으니 어딘가 한 곳으로 좁힐 거라 예상하긴 했지만, 동부라니. 몬스터 때문에 피해를 입은 지역도 축제의 중심이 되면 관광객 등으로 붐비게 된다. 복구 작업도 하기 편해질 것이다. 아버지답다고 할 수도 있겠다.

"흐름을 따지면 동부에서 기사들이 며칠에 걸쳐서 몬스터를 사냥하고, 그 몬스터가 얼마나 강한지, 그리고 몇 마리를 토벌했는지 경쟁합니다. 최종적으로는 황제 폐하께서 우승자를 정하신다고 합니다. 이미 이야기가 널리 퍼져서 동부에 상인들이 몰려들기 시작하고 있다는군요."

"장사를 할 좋은 기회니까 상인들은 놓치지 않겠지. 축제 규모도 커지겠는데……, 각지에서 유력자들도 구경하러 올 테고, 골치 아파지겠어.”

“아, 아르 님! 작전이 생각났어요!”

“일단 듣기라도 해보지.”

피네가 손뼉을 친 다음 손을 들고 발언하고 싶다는 요구를 했다.

기대는 안 되지만, 듣지 않는 것도 아깝다. 피네는 책략에 적합하지 않을 뿐, 바보는 아니다. 뭔가 좋은 생각을 했을 가능성도.

“아르 님께서 1등이 되시면 될 것 같아요!”

“조금이라도 기대한 내가 바보였지…….”

“피네 님. 아르노르트 님께서는 무능하다는 연기를 하셔야만 합니다. 이번에 갑자기 두각을 드러내시는 건 아무리 그래도 부자연스럽지요.”

“아, 그랬죠……. 하, 하지만 그것 말고 확실한 방법이 없지 않나요……?”

피네가 말한 대로 내가 1등이 되는 것이 가장 확실하다. 다른 사람도 아닌 실버가 참가하게 되는 것이니 다른 후보는 물론이고 기사들도 상대가 되지 않을 것이다.

하지만 그런 짓을 하면 우리는 비장의 수를 잃게 되고, 레오를 황제로 만들기 힘들어진다. 내가 나서게 되면 귀중한 표를 나누게 되기도 하는 문제도 있다. 아무리 생각해도 악수다.

“다른 방법을 생각하자.”

“하지만 이 상태에서 저희가 쓸 수 있는 방법은 거의 없습니다. 다른 세 분께서는 동부로 레어 몬스터를 유도하거나 레어 몬스터의 위치를 파악해 두는 방법도 쓸 수 있겠지만, 저희에게는 그러기 위해 필요한 인재가 부족하지요."

"나도 알아. 상대방은 반드시 그렇게 행동하리라는 것도. 비슷한 건 할 수 있어. 실버로서 몬스터를 동부로 몰아넣으면 되지."

"아, 안 돼요! 그런 짓을 하시면!"

내 제안에 피네가 반대했다.

그 모습을 본 나와 세바스는 쓴웃음을 지었다. 역시 레오 같은 아이구나.

"그래. 그런 짓을 하면 축제가 시작되기 전까지 동부 백성들이 피해를 입게 되겠지. 그러니까 우리는 그런 짓을 하지 않을 거야. 레오도 그런 건 절대로 인정하지 않을 테고."

개인적인 감정으로 따지면 절대로 하고 싶지 않은 작전이다. 모험가로서의 긍지라는 면에서도 하고 싶지 않다. 하지만, 해야만 하는 상황이 되면 할지도 모른다. 그러나 지금은 아니다. 레오 말고 다른 후보가 모두 폭군이 된다면 모르겠지만, 지금 걸려있는 건 나와 레오, 그리고 어머니의 목숨 정도밖에 없다. 아무리 그래도 나나 친족의 목숨 때문에 백성들을 괴롭힐 수는 없다.

"그런가요……, 다행이네요."

피네는 안심했다는 듯이 숨을 내쉬었다. 그리고 곧바로 정신이 번쩍 들었는지 고개를 숙였다.

"또, 또 경솔한 짓을……! 죄송합니다! 아르 님께서 그런 짓을 하실 리가 없는데!"

"됐어. 너는 생각난 걸 말하면 돼. 네 의견은 항상 정론이니까."

"무슨 뜻이죠……?"

"있는 그대로의 피네 님을 좋아하신다는 뜻입니다."

"어, 어머!!"

내가 그렇게 말한 것도 아닌데, 피네는 빨개진 얼굴을 두 손으로 감쌌다.

부끄러워하는 건 상관없는데, 방금 그건 세바스가 한 말이다. 결코 내가 한 말이 아니라.

"좋아한다고 한 적은 없는데?"

"그럼 싫어하시나요?"

"아니, 그건…….

"그럼 좋아하시는 걸로 하시죠. 잘됐군요. 피네 님."

"네!"

활짝 웃는 피네를 보고 나는 기운이 빠졌다.

뭐, 상관없지, 그렇게 생각하고 있자니 문을 노크하는 사람이 있었다. 왔나?

"들어오시죠."

"실례할게, 형. 내가 방해했나?"

"아니, 어떻게 해야 너를 전권 대사로 만들 수 있을지에 대해 이야기를 나누던 참이야."

찾아온 사람은 레오였다. 그 뒤에는 마리가 조용히 서 있었다. 내가 한 말을 듣고 레오는 쓴웃음을 지으며 대답했다.

"나는 형이 전권 대사가 되어야 한다고 생각하는데."

"내가 다른 나라하고 좋은 관계를 맺을 수 있을 것 같아?"

"응, 그럴 수 있을 것 같아."

"그거 고맙네. 하지만 현실적으로 나는 이 수렵제에서 이길 수가 없어. 네가 할 수밖에 없다고."

"그렇지……, 그래도 좀, 별로네. 싸울 상대가 가족이라니 기운이 빠져."

"그럼 포기할 거야?"

내가 한 말을 듣고 레오는 고개를 저었다. 뭐, 포기할 거라면 처음부터 포기했겠지.

아무리 궁지에 몰렸더라도 레오는 이미 결심했다. 그렇다면 레오의 결심은 이제 흔들리지 않는다.

"포기한 결과로 상황이 호전된다면 포기하겠지만, 그렇지 않으니까. 어머님과 형, 나 같은 사람을 따라와주는 사람들. 나는 그모두를 짊어지고 가야만 해. 내가 이기지 못하면 모두 제대로 된미래가 기다리고 있지 않을 테니까."

"알고 있다면 됐어."

세 형제자매는 자비심이 없다. 최근에는 더욱 심하다.

아직 레오를 제대로 추대하지도 않은 도미니크 장군을 암살한것만 놓고 봐도 그 녀석들이 점점 수단을 가리지 않게 되어가는걸 알 수가 있다.

예전에는 그 정도까지는 아니었다. 황태자가 죽기 전까지, 아니, 그 이후로 시간이 좀 지난 뒤에도 그나마 인간미는 있었다. 하지만 오랫동안 이어진 제위 쟁탈전이 세 사람을 바꾸었다. 이제 그 녀석들에게는 가족의 정 같은 게 없다.

레오에게 협력하는 모든 사람들을 지키기 위해서라도. 그리고 제국에 사는 모든 백성들을 위해서라도.

레오는 황제가 되어주지 않으면 곤란하다. 레오도 그런 각오 정도는 하고 있을 것이다.

어렸을 때부터 레오는 큰형, 황태자를 동경했고, 황태자를 목표로 삼아왔다. 죽은 뒤에도 그건 변함이 없다. 결심한 이상, 황태자처럼 되겠다고 생각할 것이다.

그렇기 때문에 레오는 황자들 중에서 가장 황태자와 닮았다. 하지만 황태자만큼 현실적이지는 못하다. 이상주의자에, 어설프고, 정에 휩쓸리기 쉽다는 약점을 가지고 있다. 제위 쟁탈전에 본격적으로 참가하지 않았던 것은 그 때문이다. 하지만 도미니크 장군이 암살되었다. 그런 의미에서는 그 녀석들이 악수를 두었다고 할 수 있을 것이다.

레오는 착하다. 그 사건이 일어나지 않았다면 가족들과 제위를 놓고 싸우기로 결심하지 못했을지도 모른다.

하지만 그 사건이 레오를 결심하게 만들었다. 그리고 한번 결심한 레오는 강하다.

"나 혼자서는 힘이 부족해. 모두의 힘을 빌려줬으면 좋겠어."

레오가 한 말을 듣고 그 자리에 있던 모두가 고개를 끄덕였다.

. . .

다음 날, 나는 실버로서 의뢰를 받고 있었다.

높은 랭크의 의뢰가 들어왔다고 모험가 길드에서 연락을 받았기 때문이다.

내가 한 달에 두 번이나 움직이게 된 건 지금까지 별로 없었던 일이다. 제국에 몬스터가 대량으로 발생했다는 게 사실인 것 같다.

하지만 그렇다고 해서 SS급 모험가인 내가 상대하기 벅찬 몬스터가 나타난 것은 아니다. 나타난 몬스터는 돌연변이가 일어나 원래 색인 검정색에서 붉은색으로 변화한 켈베로스. 매우 강해서 많은 모험가들을 쓰러뜨린 개체이며 길드에서 현상금도 걸었다. 랭크는 AAA급. 예전에 쓰러뜨렸던 킹 미노타우로스와 같은 레벨이다.

켈베로스 자체는 희귀한 몬스터로, 제국에 서식하는 몬스터가 아니다. 이 녀석도 모험가들로부터 도망쳐서 제국으로 들어오게 된 것이다.

이렇게 바쁜 시기에 제국에 오지 말라고 생각하면서 나는 그 켈베로스를 재빨리 토벌했다.

일격에 해치우지는 못했지만, 세 발 정도 마법을 때려 넣어주니 숨이 끊어졌다. 마지막 일격을 날린 후에는, 몸이 거의 남지 않았지만 송곳니가 남아있었기에 증거로 가져가기로 했다.

그렇게 모험가다운 작업을 하고 있자니 조금 떨어진 곳에서 기마대가 이쪽으로 다가왔다.

속도를 꽤 내고 있다. 어디 기마대지? 이 근처 영주에게는 길드에서 실버가 켈베로스를 토벌하러 갔다고 알렸을 텐데…….

"거기 있는 사람! 방금 그 폭발은 당신이 한 짓이야?"

"그렇다면 어떻게 할 거지? 우선 자기소개부터 하지 그래?"

나는 고개를 돌려 어깨 너머로 대답하면서 송곳니를 회수하고 기마대 쪽을 돌아보았다.

그리고 굳었다. 그곳에 있던 사람은 뜻밖의 인물이었기 때문이다.

"……?!"

말을 타고 있던 사람은 깜짝 놀랄 정도로 아름다운 소녀였다.

긴 분홍색 머리카락에 비취색 눈동자. 쭉 편 등과 강한 눈빛은 아름다우면서도 힘찬 검을 연상케 했다. 나는 그 소녀에 대해서 알고 있었다. 아주 잘 알고 있었다.

최근 몇 년 동안은 전혀 만나지 않았기에 목소리만 듣고는 눈치채지 못했지만, 외모를 보니 바로 알아차렸다. 아니, 이 제국에서 분홍색 머리카락과 비취색 눈동자의 조합으로 따지면 한 가문밖에 없다.

"난 근위기사단 소속, 제3기사대 대장인 에르나 폰 암스베르그야. 켈베로스 소식을 듣고 와봤는데, 혹시 당신이 토벌한 거야?"

암스베르그. 그 이름을 듣기만 해도 주변 국가들이 벌벌 떤다. 500년 정도 전에 대륙을 뒤흔든 마왕을 토벌한 용사의 혈맥이다.

마왕 토벌 이후, 당시 황제는 어떻게든 용사를 제국에 붙들어 놓으려고 부탁했지만, 용사는 공작도, 후작도, 백작 지위도 필요 없다고 하면서 보상을 거절하고 여행을 떠나려 했다. 그런 용사를 본 황제는 생각한 끝에 대륙에서 유일한 작위를 줌으로써 제국에 머무르게 했다.

그 이름은 '용작 가문'. 제국 귀족 중에서는 최상위이자 당주의 지위는 황자보다 높으며 실질적으로 황제 말고 무릎을 꿇을 사람이 없다.

하지만 아무도 그런 대우에 불평하지 않는다. 그렇게 파격적인 대우에 걸맞게, 아니 그 이상의 전공을 수백 년에 걸쳐서 세우고 있는 가문이기 때문이다.

제국의 수호자. 그런 평가를 받고 있는 '암스베르그 용작 가문'의 후계자 아가씨가 이 에르나.

그리고 어렸을 때 괴롭힘당하던 나를 구해주고 연약하다, 연약하다 하면서 스파르타 교육을 시켜서 껄끄럽다는 인식을 심어준 천적이기도 하다. 굳이 말하자면, 그게 더 괴롭힘 같았다.

그렇게 껄끄러운 인식 때문에 나는 한 발짝 물러났다. 말도 바로 나오진 않았지만, 지금은 은가면으로 얼굴을 가리고 있다는 게 떠올라 마음을 다잡았다.

그래, 지금 나는 아르노르트가 아니라 실버라고.

에르나라고 해도 두려워할 필요가 없어!

"보면 모르나? 용작 가문의 아가씨는 눈이 별로 안 좋으신 모양이로군."

"뭐라고……?"

아…….

시, 실수했다?!

오랫동안 쌓여 있던 울분 때문에 나도 모르게 시비를 거는 말투로 말해버렸는데?!

크, 큰일이다!!

"그 차림새로 보아하니 당신이 SS급 모험가 실버지? 조금 활약했다고 꽤나 설치는 모양인데?"

에르나는 방긋 웃었다.

하지만 나는 알고 있다. 에르나는 자주 웃으면서 화를 내곤 한다. 저건 화가 났을 때의 미소다.

크, 큰일이야……. 에르나와 맞붙어봤자 이득 같은 건 없다. 이번에는 잘 둘러대야지…….

"제도에 계속 눌러앉아서 최근에는 제도의 수호자라는 별명까지 생겼다면서? 그건 이런 뜻이야? 우리 암스베르그 가문에게 던지는 도전장이라고 생각해도 될까?"

"제도의 수호자라는 건 백성들이 하는 말일 뿐이다. 내가 그렇게 떠들고 다닌 게 아니야. 그리고 제국의 수호자라는 별명에도 흥미는 없다. 안심해라."

조, 좋았어. 이, 이러면 어떠냐.

내가 적이 아니라는 뜻을…….

"우리 암스베르그 가문이 쪼잔하게 별명에 집착한다고 말하고 싶은 거야? 아니면 애초에 눈에 들어오지 않는다는 말을 하고 싶은 거야? 어찌 됐든, 방금 한 말도 도발이지?"

어?!

이제 틀렸어! 첫인상이 너무 안 좋아서 무슨 말을 해도 나쁘게 받아들이잖아! 애초에 에르나는 엄청나게 지기 싫어하는 성격이다. 한 번이라도 시비를 걸면 상대방을 때려눕히고 완전승리를 거둘 때까지 만족하지 못한다.

큭! 이렇게 된 이상!

오랫동안 쌓였던 울분을 털어버리자. 이미 우호관계를 쌓기는 불가능한 것 같으니까.

뻔뻔하게 마음먹은 나는 에르나를 보며 코웃음쳤다.

"훗, 보아하니 넌 나를 꽤 의식하고 있었던 모양이로군. 용작 가문은 정말 명성을 소중히 여기는 모양이야. 다른 사람이 칭찬받는 것도 용납하지 못하다니, 참 그릇이 작군그래."

"뭐?! 이게! 우리 가문에 대한 무례는 용서 못 해!"

"무례한 건 그쪽 아닌가? 나는 길드에서 의뢰를 받고 이 몬스터를 토벌했다. 그런데 방금 한 말을 들어보니 내가 토벌하지 않았다면 네가 잡을 생각이었던 것 같은데? 그건 분명히 모험가 길드에 대한 도발 아닌가?"

"그럴 생각은 없었어! 난 그저 백성들을 생각해서!"

"대장님. 이번엔 물러나시죠. 정보에 착오가 있었다고 해도 모험가 길드에서 의뢰를 받고 온 거라면 저희 쪽에 잘못이 있습니다. 그리고 제도로 서둘러 가야만 합니다."

"크윽……! 실버! 두고 보자! 제국을 지키는 건 우리 용작 가문이고, 기사들이고, 병사들이야! 결코 모험가들이 아니라고!"

"일단 기억해 두도록 하지. 곧바로 잊을지도 모르겠지만."

"이게……!"

분노가 폭발하기 직전에 떠나간 에르나를 보고 나는 실수했다고 생각하면서도, 오랫동안 쌓였던 울분을 털어내서 매우 시원해진 기분이었다.

에르나는 열한 살 때 근위기사단에 입단한 천재 중의 천재다. 중요한 임무를 맡는 경우가 많기 때문에 기사가 된 이후로는 거의 만나지 못했다. 가끔 만나더라도 시간이 없기 때문에 잠깐 이야기를 나눌까 말까하는 정도다.

하지만 그런 에르나를 가지고 놀았다. 아, 정말 기분이 좋은데! 괴롭히던 아이에게 복수하는 피해자의 기분을 이해할 수 있었다.

"쓸데없이 적을 만든 건 마찬가지지만……."

내가 지금 뭐하고 있는 거지…….

이제 암스베르그 용작 가문과 적대시하게 되면 완전히 나 때문이라고…….

"큰일이네……."

나는 머리를 긁으면서 일단 돌아가기로 했다.

3

제도로 돌아온 뒤 며칠.

많은 사람들이 축제 준비 때문에 바쁜 와중에 운명의 날이 다가왔다.

"누가 올 것 같아?"

"상위 대장이라는 건 분명하겠죠."

나는 성의 방에서 손님을 기다리고 있었다.

오늘, 황제의 자식들은 어떤 부대가 자신 밑으로 오게 될지 알게 된다. 방법은 간단하다. 그 기사대의 대장이 방으로 찾아온다.

근위기사단의 기사대는 각 부대마다 번호가 붙어 있고, 숫자가 적을수록 엘리트인 경향이 있다. 특히 상위 세 부대는 실력을 따지더라도 최강 클래스인 대장이 이끌고 있다. 전력을 평등하게 만들기 위해 뒤떨어지는 후계자들에게는 그런 상위 부대가 배당될 것이다.

"에르나만 오지 마라……."

"또 그런 말씀을……, 열한 살 나이에 근위기사단에 입단하고, 열네 살 나이에 대장이 된 암스베르그 용작 가문의 신동 아닙니까? 그보다 나은 부대장은 없을 것 같습니다만."

"실력만 놓고 보면 말이지. 인간적으로 불가능해."

"품행이 방정해서 장래의 근위기사단장이라는 평가를 받고 있습니다만?"

"겉모습만은 멀쩡하니까. 백성들도, 근위기사들도 본성을 눈치 채지 못한 거야. 그 녀석하고 처음 만났을 때는 아직도 잊지 못해. 일곱 살 때였지. 괴롭힘당하던 나를 구해준 그 녀석이 내게 뭐라고 한 줄 알아?"

"글쎄요, 뭐라고 했습니까?"

"'나약한 녀석'이라고. 그게 괴롭힘당해서 상심한 아이에게 할 말이야? 게다가 그 이후로 대련이라는 명목으로 목검을 들게 했어. 그리고 일방적으로 얻어맞은 나는 그날부터 에르나를 만나지 않게끔 조심하면서 놀게 됐지. 껄끄럽다는 인식이 새겨졌다고! 누가 들어도 너무한 이야기 아니야?! 그 여자는 악마 같은 여자 라고!"

세바스에게 열변을 토했지만, 이 녀석은 어이가 없다는 듯이 어깨를 으쓱이기만 했다.

젠장! 왜 내 마음이 통하지 않는 거야!

그렇게 답답해하고 있자니 갑자기 문이 열렸다.

그곳에는.

"누가 악마 같은 여자라고?"

미소를 짓고 있는 악마―에르나가 있었다.

그 모습을 본 순간, 내 표정이 굳었다. 그리고.

"세바스! 기사를 불러라! 악마가 나타났다고!!"

"안타깝지만 아무도 오지 않을 겁니다. 이곳에 최고의 기사가 있으니까요."

"세바스는 잘 아는구나? 아르노르트 렉스 아드라 황자 전하. 근위기사단 소속, 제3기사대 대장, 에르나 폰 암스베르그가 뵙겠습니다. 만나는 건 몇 년 만이지만 여전하신 모양이로군요."

"쳇……! 비꼬는 거냐?"

"그래, 물론이지. 제도에서는 인기가 참 많으신 모양이던데? 찌꺼기 황자라고 불린다면서. 멋지네."

"그래, 덕분에 말이지. 즐겁게 지내고 있어."

우리는 서로 마주보며 방긋 웃었다.

몇 년 동안 만나지 않았더라도 소꿉친구다. 이런 부분은 황자와 용작 가문의 딸이라고 해도 서로 뻔히 알고 있다.

한동안 미소를 지으며 서로 견제한 다음, 내가 먼저 인상을 찌푸렸다.

"뭐 하러 왔어? 부른 기억은 없는데?"

"내가 왔다는 건 그런 뜻이거든? 모르겠어?"

"나는 안 믿어……."

"실례잖아. 꽤 힘들었거든? 상대는 아르가 좋겠다고 황제 폐하께 부탁하는 거."

"쓸데없는 짓을?! 형님이나 누님이 앙심을 품을 거라고?!"

"신경 안 써도 되잖아. 어차피 아르는 제위를 노리고 있는 것도 아니고."

"그런 문제가 아냐! 아, 진짜! 너는 예전부터 왜 그러는 거야?!"

나를 위해서 그렇게 행동한다는 건 알고 있지만, 그게 내가 원하는 이익과 일치하지 않는다.

이번 같은 경우에는 아비지에게 부탁할 기면 레오 밑으로 가줬으면 했다. 뭐, 레오 밑으로 가고 싶다고 해도 그럴 수 있을지는 모르겠지만.

적어도 에르나가 내 밑으로 오게 되었기에 나는 딱히 신경 쓸 필요 없는 참가자에서 단숨에 우승 후보까지 치고 올라가게 되어 버렸다. 이제 더 움직이기 힘들어졌다. 에르나에게는 자연스럽게 사람들의 시선이 쏠리게 된다. 암약하는 건 이제 거의 불가능하다고 할 수 있다.

다른 사람에게 가도 곤란하지만, 내 곁으로 오게 되는 건 더 곤란하다. 그게 에르나다. 상성 같은 문제뿐만이 아니라, 진짜로 오지 않았으면 했다.

"내가 확실하게 우승시켜줄게. 찌꺼기 황자라고 하는 사람들을 찍소리도 못하게 만들자!"

"그런 길 원하는 게 아니야……."

"그런 식으로 나오면 안 되지. 폐하께 아르를 정신 차리게 하겠다고 선언했으니까. 그러니 지금부터 특훈이야! 우선 기마술 실력이 어느 정도인지 봐 줄게. 자, 수련장으로 가자."

"……세바스. 머리가 아픈데. 지독한 병일지도 모르겠어……."

"그거 큰일이군요. 그건 꾀병이라는 지독한 마음의 병입니다. 심신을 단련하면 나을지도 모르지요."

원망스럽다는 듯이 세바스를 노려보았지만, 못 본 척 넘기고

있었다.

기사 수렵제까지 얼마 남지 않았다. 며칠 정도 훈련을 한다고 해서 뭔가 바뀌지도 않을 텐데.

나는 그런 생각을 하면서 질질 끌려가듯이 수련장으로 가게 되었다.

■ ■ ■

"으윽?! 아파……."

"죄, 죄송합니다! 더 살살 바를게요."

다음 날.

근육통 때문에 침대에서 움직일 수 없게 된 내게 피네가 약을 발라주고 있었다. 일단 등이 엄청난 상태가 되었다. 우득우득, 전혀 움직일 수 없을 것 같았다.

이게 다 에르나가 기마술 훈련을 한답시고 나를 철저하게 고생시켰기 때문이다. 말을 타고 검이나 창을 휘두른 게 얼마 만이었는지, 엄청나게 힘들었다. 몇 번이고 말에서 떨어졌고, 그때마다 등을 부딪혔다.

이런 게 매일 이어지면 죽어버린다.

"아르노르트 님. 에르나 님께 여쭈어보니 오늘 수련은 오후부터 해도 된다고 하시네요."

"그 녀석 사전에는 휴가라는 말이 없나……."

"역시 용사의 재래라 불리는 분이시네요. 그런데 아르 님, 아니, 실버 님께서도 맞먹을 정도로 실력이 있으시지 않나요? 기마술을 하실 때도 연기를 하신 건가요?"

"아르노르트 님께서는 고대마법에 특화되셨기에 기초 체력은 일반인보다 못합니다. 기마술, 검술, 현대마법. 전부 연습을 빼먹고 계시니 실력이 변변치 못하신 겁니다, 피네 님."

"그러신가요? 모험가 분들은 다들 체력이 뛰어나실 거라 생각했어요."

"대부분은 그렇지……. 하지만 나는 고대마법으로 낮은 신체능력을 때우고 있고, 애초에 체력이 바닥날 만한 짓은 안 하니까."

"전이마법을 쓰지 않고 멀리 나가셨던 것도 크라이네르트 공작 영지에 간 게 오랜만이셨죠. 그렇게 멀리 나가셨을 때도 마법으로 신체능력을 강화하고 계시니까요. 고대마법을 쓰지 않으신다면 에르나 님께서 하신 말씀처럼 '나약한 녀석'이라는 겁니다."

세바스의 독설에 받아칠 기력도 없다.

나는 침대에 엎드린 채 한숨을 쉬었다.

하지만 세바스는 그런 나를 보며 조금 밝은 목소리로 물었다.

"뭐든 생각하기 나름이지요. 당신께서는 힘드시겠지만 레오나르트 님께는 좋은 기회가 되었습니다."

"그렇지……."

"네? 그게 무슨 뜻인가요?"

영문을 알 수가 없다는 듯한 피네에게 간단히 설명해 주기로 했다.

하지만 그렇게 많이 말할 필요도 없다.

"에르나는 최강 기사라고 해도 될 정도야. 그러니까 에르나를 데리고 있는 내가 우승해도 아무도 내 힘으로 우승했다고 생각하지 않을 거라는 뜻이지."

"그렇습니다. 피네 님께서 말씀하신 대로 레오나르트 님께서 우승하지 못하신다면 아르노르트 님께서 우승하시는 게 가장 확실하지요. 하지만 갑자기 아르노르트 님께서 우승하시면 부자연스러운 상황이었습니다만……. 최강의 패가 굴러 들어온 겁니다."

"그렇군요! 아르 님께서도 진짜 실력을 보여주실 수 있다는 거네요!"

"뭐, 내가 아무것도 안 하면 에르나가 멋대로 움직일 테고, 그렇게 하는 것만으로도 우승할 수 있겠지만 말이지. 에르나는 그만큼 엄청나. 발목만 잡지 않으면 거의 확실하게 우승할 수 있을 거야."

"황제 폐하께서도 그렇기 때문에 아르노르트 님께 에르나 님을 넘기신 거겠지요. 발목을 잡을 거라 예상하시고."

"그 결과가 제국 최강 기사와 제국 최강 모험가의 태그 팀이 될 줄은 황제 폐하께서도 상상하시지 못하셨겠네요!"

나는 기쁜 듯이 이야기하는 피네를 보고 어이없어하며 윗도리를 입고 일어섰다.

기사 수렵제까지 며칠. 할 수 있는 건 해둬야만 한다.

"최악의 경우에도 내가 우승해서 전권 대사의 자리를 다른 쪽에 넘기지 않을 거야. 하지만 최선은 레오가 우승하는 거지."

"어째서죠? 아르 님께서 전권 대사가 되셔서 외국 분들과 인맥을 쌓는다 해도 결국 레오 님에게 도움이 되는 것 아닌가요?"

"그렇다 해도 레오가 전권 대사로 뽑히는 게 나을 거야. 유력자들도 잔뜩 보러 올 테고."

"그럴싸한 말씀을 하고 계시는데, 전권 대사가 귀찮을 뿐 아닌가요?"

나도 모르게 어깨가 움찔거렸다.

정곡을 찔린 반응을 보고 세바스는 한숨을 쉬었고, 피네까지 따라 했다.

"아르 님……. 그렇게까지 레오 님께 양보할 필요는 없잖아요."

"응? 양보한다고?"

"다 알고 있어요. 아르 님께서 레오 님을 위해서 그렇게 말씀하시며 양보하려는 것 정도는요."

"에휴……, 피네 님. 뭔가 착각하시는 것 같습니다만, 당신 눈앞에 계신 황자님께서는 모든 걸 귀찮아하시는 분입니다."

"피네에게는 숨길 수가 없구나……, 예전부터 버릇이었거든. 뭐든지 레오에게 양보하자는 생각이 들어. 제위나 요직 같은 것까지."

"역시 그랬군요! 형으로서는 훌륭하시지만, 너무 지나쳐도 좋지 않아요. 레오 님께서도 슬퍼하실 거예요."

피네의 착각을 잘 이용해서 세바스의 잔소리를 피한다.

세바스는 피네를 잘 속여넘긴 나를 보고 인상을 썼다.

"여자분을 속이는 건 바람직하지 못한데요."

"속이진 않았어. 착각하게 만들었을 뿐이지."

"말은 하기에 따라 다른 법이지요. 그러다가 또 에르나 님께 혼날 겁니다."

"그 녀석이 우리 엄마야……?"

"친하게 대해주는 소꿉친구가 있으신 건 부러워요. 저는 소꿉친구라 할 만한 사람이 없어서요."

"귀찮기만 할 뿐이야. 특히 그 녀석은 여러모로 쓸데가 없다고."

"어머? 뭐가 쓸데가 없다는 거야?"

목소리가 날아들었다.

보아하니 문 근처에 에르나가 서 있었다.

미소를 짓고 있지만 분노 마크가 이곳저곳에 드러나 있는 것 같았다.

한순간, 그녀가 내게 심어둔 공포에 패배해서 눈을 피했지만, 계속 돌아갈 기색이 없었기에 어쩔 수 없이 말을 꺼냈다.

"부르지도 않았는데 오는 게 쓸데없는 짓 아니야……?"

"실례잖아. 누군가가 근육통 때문에 움직이지 못한다고 하길래 바르는 약을 가지고 와줬는데?"

"너보다 100배는 상냥한 사람이 발라줬으니까 괜찮아."

"어머? 그 사람이 거기 있는 창구희야?"

"아, 네. 처음 뵙겠습니다. 피네 폰 크라이네르트라고 합니다."

"에르나 폰 암스베르그야. 레오의 방이라면 모를까, 설마 아르의 방에서 당신하고 만날 줄은 몰랐네."

에르나는 그렇게 말하고 피네에게 부드러운 미소를 보여주었다.

내게 보여주는 미소와는 질이 다르다. 인상을 조작한 미소인데.

"아르. 왠지 바보 취급당한 것 같은 느낌이 드는데?"

"착각한 거겠지."

"그럼 됐고. 자, 이제 가볼까?"

에르나는 그렇게 말한 다음 침대에 있던 내 멱살을 잡았다.

너무 갑작스러워서 당황한 나를 보고 에르나는 항상 보여주던 미소를 지으며 설명했다.

"방금 괜찮다고 했지? 그럼 훈련하러 가자."

"뭐?! 괜찮다는 게 그런 뜻이 아니라! 앗! 아얏?! 그만해!! 환자라고?!"

"근육통 같은 건 부상도 아니야. 움직이면서 치료해."

그렇게 말한 에르나 때문에 나는 어제와 마찬가지로 질질 끌려가듯이 훈련을 하러 가게 되었다.

4

밤.

성의 지하로 간 나는 아무런 특징도 없는 벽에 손을 댔다. 그러자 벽에 빛나는 선이 그어졌고, 벽이 열렸다.

그 현상을 본 나는 놀라지도 않고 그 안으로 들어갔다.

내부는 외길 계단이었고, 아래쪽으로 이어져 있었다. 그곳을 내려가다 보니 목제 문이 있었다.

문을 열자 기다리고 있는 것은 깔끔한 서재였다.

낡은 책이 잔뜩 놓여 있었고, 아무도 손질하지 않았는데도 촛불이 계속 켜져 있었다.

이 방을 쓰던 사람이 게으름뱅이였기 때문에 계속 불이 켜져 있는 마법을 건 것이다.

"여전히 마법 연구를 하고 있다니, 정말 대단해. 영감님."

"마도의 진수는 몇 년이 지나도 해명할 수가 없으니 말이다."

내 말에 그렇게 대답한 사람은 몸집이 매우 작은 노인이었다. 게다가 반투명한 모습이었다.

책상 위에 앉아 즐겁게 책을 읽고 있었다. 책을 넘길 때는 재주도 좋게 마법을 쓰고 있다.

이 모습만 보면 상상하기 힘들겠지만, 이래 봬도 예전에는 황제였다.

"그렇게 마도 연구를 하다가 책에 봉인되었던 주제에 용케도 계속하네. 항간에서는 당신을 정신 나간 황제라고 부르거든?"

"그건 내 실수였지. 내가 악마에게 몸을 빼앗길 줄이야. 정말 뼈아픈 실수였어."

그런 말을 하고 있는 이 노인의 이름은 구스타프 렉스 아드라.

내 증조 할아버지에 해당되는 사람이고, 지금으로부터 2대 전 황제다.

보면 알겠지만, 마법 연구에 정신이 팔려서 이렇게 숨겨진 방까지 만들어서 연구를 했을 정도로 마법 중독자다.

그 때문에 책에 봉인되어 있던 악마에게 몸을 빼앗겼고, 그 악마가 제도를 어지럽혔기에 역사에는 고대마법을 연구하다가 정신이 나갔다고 기록되어 있다.

황족의 고대마법 사용이 금기가 된 원인이라는 뜻이다.

하지만 시간이 지나 나와 만났고, 내게 고대마법을 가르쳐 준 스승님이기도 하다.

지금은 정신만 책에 깃들어 있고, 실체는 없다. 지금 보이는 건 사념체다.

책의 봉인 자체는 내가 펼쳤을 때 풀렸지만, 실체를 얻을 생각은 없는 모양이다. 이렇게 느긋하게 마법을 연구하는 게 행복하다고 한다.

"참 마음도 편하시지. 당신 때문에 내가 고대마법을 쓸 수 있다는 걸 숨겨야만 하는데."

"반대로 생각하거라. 내가 여기에 봉인되어 있었기 때문에 너도 고대마법을 배울 수 있었던 것 아니냐? 내 비장의 은가면도 도움이 되지?"

"뭐, 그럭저럭."

"고마워하는 마음이 부족한 증손주로고."

영감님은 그렇게 말하면서도 책에서 눈을 떼지 않았다.

마법 관련 서적을 읽고 스스로 마법이나 새로운 이론을 생각해 내서 그것을 적기 시작한다. 이 영감님은 계속 여기에서 그렇게 지내고 있다.

실제로 자신이 만족하고 있기 때문에 일부러 방해하려는 생각은 없다.

그럼에도 불구하고 여기에 온 것에는 이유가 있다.

그건 상대방도 알고 있었던 모양이다.

"내게 뭔가 의논할 게 있는 게지? 어서 말하거라. 사양 말고."

"……동생이 제위 쟁탈전에 휘말렸어."

"우수하다면 언젠가는 휘말리겠지. 그것이 제위 쟁탈전이다."

"역시……, 누군가가 일부러 휘말리게 만들었다고 봐야 하나."

"나라면 그렇게 했을 게다. 적대시한다면 대놓고 처리할 수 있으니."

계속 생각하던 일이었다.

노장군이 암살되었기에 우리는 두 가지 선택지 중에서 한 가지를 골라야만 했다. 하지만 아무리 노장군이 레오를 추대하더라도 세 형제자매에게는 아직 위협적이지 않았을 것이다. 그럼에도 불구하고 일찌감치 암살이라는 수단을 사용했다.

레오를 경계했기 때문이기도 했겠지만, 역시 진짜 이유는 레오를 처리할 구실로 삼기 위해 적대시하게 만든 건가?

"질문이 하나 더 있어."

여기에 있는 사람은 전 황제.

다시 말해 제위 쟁탈전의 승리자다. 온갖 모략을 뛰어넘은 조상이라면 내 의문에도 대답할 수 있을 것이다. 그렇게 생각하고 입을 열었는데, 그보다 먼저 영감님이 답을 말했다.

"내가 차남, 삼남이었다면 황태자를 암살했을 게다. 그것이 대답이야."

"……아직 질문하지 않았는데?"

"제위 쟁탈전 이야기를 꺼냈으니 언젠가 물어볼 거라 생각했다. 나는 장남이었다만, 몇 번이고 암살당할 위기에 처했지. 내가 보기에는 암살당한 장남의 잘못이다. 최유력 후보가 암살당하면 그 뒤에 기다리고 있는 것은 진흙탕 싸움뿐이고."

"아버님께서 조사하셨는데도 전쟁 말고 다른 결과는 나오지 않았는데?"

"워낙 교묘하게 실행했거나, 황제의 측근들도 연관이 있거나. 아니면……, 황제가 직접 관련이 있거나. 어찌 됐든 제위 쟁탈전에서 독주하던 황태자가 전장에서 전사하다니, 이상한 소리 아니냐. 너는 동생이 전장에 나가면 어떻게 해서든 지키려 하겠지?"

"물론이야."

"그게 답이다. 그렇게 생각한 자가 많았을 터. 그럼에도 불구하고 지키지 못했다면 음모의 그림자가 보이는 게지. 지금까지 벌어졌던 제위 쟁탈전 역사를 보더라도 드문 일은 아니다."

우울해지는 이야기를 하는 영감님이다.

하지만 설득력은 있다.

그리고 그 추측이 전부 맞았다면, 지금부터 일어날 일은 전부 어떤 음모라고 생각해야만 한다.

다시 말해 기사 수렵제에 무언가가 있다.

"몬스터를 조종하는 마법도 있어? 영감님."

"마법 이야기냐?! 좋다! 더 말해보거라!"

갑자기 내 쪽을 돌아본 영감님을 보고 나는 한숨을 쉬었다.

머릿속에 마법밖에 없는 사람이라 그런지 마법 이야기에만 관심을 보인다.

제자이자 증손자인 내 심각한 의논보다 마법을 우선시하는 걸 보니 역시 이 사람은 이상해졌는지도 모르겠다.

"요즘 제국에 몬스터가 늘어나기 시작했거든. 그중에는 강력한 레어 몬스터도 간간이 보여. 그 녀석들을 조종하는 녀석이 있지 않을까 해서."

"흐음……, 몬스터 몇 마리라면 마법으로 조종할 수도 있겠다만, 그렇게 광범위하게 조종하는 마법 같은 건 존재하지 않는다."

"그렇구나……, 너무 지나친 생각이었나……."

마법이라면 제2황녀인 잔드라와 관련이 있을지도 모르겠다고 생각했는데, 할아버지가 없다고 하면 없는 거겠지.

그렇다면 몬스터 발생이 우연이라는 건가?

"뭐, 마법은 존재하지 않는다만, 도구라면 있지."

"도구?"

"고대의 마도구다. 몬스터가 좋아하는 음색으로 몬스터를 끌어들이지. 사용자의 마력에 따라서는 꽤 넓은 범위에 있는 몬스터를 끌어낼 수 있을 게다."

"그런 게 존재해?"

"문헌에 따르면 말이다. 아마 이름이 '하멜른'이라는 피리였을 게다. 마력이 풍부한 자가 잘 다루기만 하면 제국 각지에 몬스터를 발생시킬 수도 있을 테지."

예전 사람들은 편리하고 골치 아픈 걸 개발했었네.

마법이 지금보다 더 발전했던 시대, 그것을 이용한 마도구도 지금보다 훨씬 뛰어난 것들뿐이다. 그런 것들은 유적에서 발굴되거나 각 나라에서 국보로 취급하곤 하는데, 의도치 않게 세상에 나오기도 한다.

"그런 것도 있구나……, 사실 기사 수렵제가 개최되거든. 황족이 기사를 이끄는 형태로."

"호오? 이번 대 황제는 꽤 재미있구나. 상은 뭐지?"

"전권 대사야. 우리가 지면 안 되는 상황이고. 하지만 만약 그 피리가 적의 손에 있다면 승산은 없겠지……."

"그럴 게다. 마음대로 몬스터를 유도할 수 있는 피리니 말이다. 어지간히 바보처럼 다루지만 않는다면 가지고 있는 자가 우승할 게야. 허나 나라면 그렇게 어리석은 짓은 하지 않을 게다."

영감님은 그렇게 딱 잘라 말했다.

그 말에는 나도 동의한다. 나도 그렇게 바보 같은 짓은 하지 않는다.

척 보기에 괜찮은 생각 같지만, 실제로는 눈앞에 있는 이익만 추구하는 계획이다.

만약 세 형제자매 중 누군가가 그 마도구를 쓰고 있다면, 나는 물론이고 나머지 두 사람이 철저하게 추궁할 것이다. 제위 쟁탈전이라고는 해도 제국 자체에 불리해질 만한 짓을 하면 죄를 면할 수 없다. 본인이 모른다고 잡아떼 봤자 세력이 큰 대미지를 입는 건 확실하다.

세 사람이 일부러 그런 도박을 할 것 같진 않다. 다시 말해.

"뒤에서 움직이고 있는 건 제위 쟁탈전의 주요 멤버가 아닌 사람이구나."

"그럴 게다. 뒤에서 움직이고 있는 자가 주요 멤버와 손을 잡고 있는지 어떤지는 제쳐두더라도, 국내에 몬스터를 불러들이는 위험한 짓을 한 이상, 그자는 전권 대사 자리만으로 만족하지 않을 테고."

"……골치 아픈 일이 하나 더 늘었네."

위쪽뿐만이 아니라 아래쪽까지 봐야 하다니.

단순히 우승하기만 하면 되는 문제가 아니게 되었다. 뒤에서 움직이고 있는 자를 찾아야만 한다.

이 기사 수렵제는 단순히 전권 대사 자리를 놓고 싸우는 축제로 끝나지 않을지도 모른다.

"그 하멜른이라는 피리를 막을 방법은?"

"부수는 정도밖에 없을 게다. 몬스터에게만 들리는 음파를 뿜어내는 이상, 막는 건 힘들 테니."

"다시 말해서 성실하게 기사 수렵제에 참가해 봤자 소용없다는 뜻인가?"

"그렇지. 허나 그건 상대방도 마찬가지일 게다. 기사 수렵제가 개최될지 여부는 상대방도 판단하지 못했을 것이다. 다시 말해 기사 수렵제 이전에 몬스터를 써서 뭔가 할 생각이었다는 게지. 축제 뒤에는 무언가가 있다. 조심하거라."

나는 그 조언을 듣고 방을 나섰다.

■ ■ ■

방으로 돌아오던 도중.

나는 뒤쪽에서 기척을 느꼈다. 돌아보려 했지만, 어떤 남자의 목소리가 가로막았다.

"움직이지 마라."

"……내가 아르노르트 렉스 아드라라는 걸 알면서 그렇게 말하는 거냐?"

"물론이지."

뒤에 있던 남자는 그렇게 말하며 단검을 뽑아 들었다.

설마 이렇게 빨리 움직일 줄이야.

"죽이진 않겠지만, 한동안 누워있어 줘야겠다."

"네, 그렇습니까 하고 받아들일 순 없겠는데."

나는 천천히 뒤를 돌아보았다.

빈틈투성이인 그 동안, 남자는 전혀 움직이지 않았다.

돌아본 곳에는 검은 옷을 입은 남자가 있었다. 전형적인 암살자다. 하지만 죽이라는 명령을 받은 건 아닌 모양이었다. 뭐, 누구든지 그렇게 노골적인 짓을 하진 않겠지만.

"무, 무슨 짓을 한 거지⋯⋯?!"

"결계로 움직임을 멈췄다. 실수로라도 죽이지는 않으려고 일부러 말을 건 게 실수였지."

숙련된 암살자라는 건 분명하다.

경비가 삼엄한 성에 침입할 정도니까. 하지만 그런 암살자도 확실하게 크게 다치면서도, 죽지 않을 상처만 입히는 건 힘들다.

그래서 나를 멈추기 위해 말을 걸었다. 그 때문에 내게 결계를 만들 시간을 준 것이다.

뭐, 그런 상황이 아니었더라도 내 주위에는 탐지용 결계를 쳐두었으니 암살자가 다가올 여지는 없지만.

이런 밤중에 아무런 대책도 없이 돌아다니는 건 자살행위나 마찬가지니까.

"쳇⋯⋯! 무능한 황자가 아니었나?!"

"뭐, 진정해라. 일단 질문에 대답해. 성에 들어올 때 누군가의 도움을 받았겠지? 그게 누구냐?"

"흥! 깔보지 마라! 의뢰인의 이름을 말하느니 죽고 말지!"

"부정하지는 않는군. 오케이, 대충 추려냈어."

"윽?!"

성의 경비에 영향을 줄 수 있는 사람은 세 형제자매뿐이다.

다른 사람이 암살자를 끌어들이려 하면 상당히 오랫동안 준비할 필요가 있다. 아마 그러진 않았을 것이다. 나를 습격할 이유는 에르나밖에 없으니까.

"에르나를 거느린 나를 기사 수렵제에 참가하지 못하게끔 습격했겠지만, 너무 허술했어. 당연히 대비는 하고 있었지."

"훗……, 그건 이쪽도 마찬가지다! 쳐라!"

그가 그렇게 말한 것과 동시에 내 뒤에 누군가가 나타났다.

거기 있던 사람은 세바스였다.

"네 명이서 한 조로 행동한 모양입니다. 나머지 세 사람은 기절시켜 두었습니다. 아르노르트 님."

"고생했다, 세바스."

"뭐, 라고……?"

"제가 아르노르트 님을 혼자 돌아다니시게 할 것 같습니까? 정말 얕보인 모양이로군요."

"크윽……!"

"자……, 이제 자백하시지. 누구에게 의뢰를 받았나?"

나는 주위에 방음결계를 치며 환술을 이용해 상대방이 가장 두려워하는 광경을 띄웠다. 그 광경은 내게 보이지 않지만, 상대방에게는 확실하게 보인다.

그리고 뜻밖에도 그것만으로 의뢰인이 누군지 확실하게 알 수 있었다.

"히이익?! 요, 용서해 주십시오?! 용서해 주십시오오오오!! 잔드라 니이이이임!! 저, 저는 말하지 않았습니다! 저는 아무것도 말하지 않았습니다!!"

"호오……, 잔드라가 키우던 암살자인가? 꽤 엄하게 조교당한 모양인데."

"공포로 사로잡은 걸 보니 그분답군요. 어떻게 하실 겁니까?"

"이 녀석을 내밀어 봤자 잔드라에게 대미지를 줄 수는 없어. 하지만 죽이더라도 뒤처리가 귀찮지. 적당한 곳에 숨겨둬. 나중에 써먹을 수 있을지도 모르니까."

"알겠습니다."

나는 여전히 잔드라의 환상을 보고 있는 남자를 곁눈질한 다음 돌아섰다.

지금 같은 타이밍에 덤벼든 걸 보니 잔드라는 몬스터 문제와는 연관이 없는 것 같다. 기사 수렵제에서 전권 대사 자리를 노리고 있기 때문에 나를 제거하려 한 것이다. 그만큼 온 힘을 다한다면 몬스터를 끌어낸 사람이 아니겠지.

"그럼 누가 꾸민 짓일까."

나는 그런 말을 남기고 내 방으로 돌아갔다.

5

제국 동부 최대의 도시 키르.

기사 수렵제의 중심지로 선정된 그곳은 평소보다 더 활기찬 모습을 보이고 있었다.

오늘은 전야제를 하는 날이고, 본 행사는 내일 시작된다. 하지만 상인들이 지혜를 짜내서 세운 온갖 노점들이 이미 키르에 늘어서 있었다. 방금 살짝 돌아보기만 했는데, 처음 보는 기상천외한 것들을 팔고 있었다.

나는 그중 몇 가지를 사서 먹으며 사람을 기다리고 있었다.

만나기로 약속을 잡아 놓은 것이다.

"오래 기다리셨죠!"

기운찬 목소리로 말하며 다가온 사람은 하얗고 간소한 원피스를 입은 피네였다.

제도에서 내가 사준 원피스다. 평소와 다른 부분은 그것뿐만이 아니었다.

피네는 은색 안경을 끼고 있었다. 그 안경은 내가 영감님의 콜렉션을 뒤져서 찾아온 것이다.

효과는 가벼운 환술. 피네에 대해 잘 알지 못하는 사람은 매우 평범한 소녀로만 볼 것이다. 피네를 잘 아는 사람이나 숙련된 마도사에게는 통하지 않겠지만, 거리를 돌아다니는 정도라면 이 안경으로도 어떻게든 된다.

"딱히 기다리진 않았어. 오던 도중에 누군가에게 들키진 않았 겠지?"

"네! 어때요? 이 안경 어울리나요?"

피네는 안경을 살짝 들어올리며 미소를 지었다.

안경 때문인지 오늘 피네는 평소와는 다른 인상이었다.

지적이고 사려깊게 보이는 걸 보니 안경은 진짜 대단하구나.

항상 방글방글 웃는 피네는 어른스럽지 않다. 그게 단점은 아니지만, 그런 걸 별로 마음에 들어 하지 않는 사람도 안경을 낀 피네는 마음에 들 것이다.

원래 미인이지만, 더 어른스럽게 보인다.

뭐, 대부분은 그렇게 보지 못하겠지만.

제국 제일의 미인이 안경을 낀 모습을 독점한다, 그렇게 좀 바보 같은 우월감에 젖은 채 피네에게 가자고 말했다.

"오늘은 마음껏 놀아요! 아르 님!"

"그래, 그러자."

너무 열심히 일하는 나를 걱정했는지 피네가 이렇게 외출하자고 말해주었다.

제위 쟁탈전이 한창이고, 이제부터는 중요한 수렵제도 시작된다. 열심히 움직일 때이긴 하지만, 솔직히 할 수 있는 건 다 했다.

이제 당일에 달렸다.

그래서 나는 피네의 제안을 받아들였다.

걱정을 끼친 모양이고, 거절하기도 미안했기 때문이다.

"그럼 바로 노점을 돌아다녀 볼까."

"네! 전부 제패해요!"

"그건 힘들 것 같은데."

"할 수 있어요!"

금방 배가 부르다고 하는 피네의 모습이 상상되는데, 피네는 할 수 있다며 우겼다.

안경을 끼고 있어도 본질은 변함이 없다.

밝고 천진난만한 아가씨다.

그렇기 때문에 곁에 있으면 마음이 편해진다.

"그럼 열심히 해볼까."

"네!"

나는 기쁜 듯이 웃는 피네를 데리고 노점을 돌아다니기 시작했다.

■ ■ ■

"으으~……, 배가 가득 찼어요오……."

역시라고 해야 하나, 예상대로라고 해야 하나.

피네는 금방 거리 구석에 있는 광장에서 쉬고 있었다.

나는 음료수를 내밀며 쓴웃음을 지었다.

"전부 제패하고 싶으면 조금씩 먹지 그랬어."

"남기면 만들어 주신 분께 죄송하잖아요……."

"공작 가문의 아가씨답지 않은 말이네."

애초에 노점 음식을 기뻐하며 먹는 걸 보니 일반적인 아가씨와 감각이 다른 것 같다. 먹으면서 돌아다니는 것도 꺼리지 않았고.

본인 이야기를 들어보니 축제에서 노점을 돌아다니는 게 꿈이었다고 한다. 뭐, 공작 가문은 광대한 공작 영지를 통치하는 영주이고, 영지 안에서는 지위가 제일 높으니까.

축제를 개최하는 쪽이지, 축제를 즐기는 쪽은 아니었을 것이다.

나는 제도에서 축제가 벌어질 때는 항상 빠져나와서 즐기곤 했지만.

"으으으……, 동경하던 노점 순회가……."

"나중에 또 돌아다니면 되잖아? 먹지 않고 보기만 해도 꽤 즐거운데?"

"그렇게 즐길 수도 있나요?!"

"그야 당연하지. 일단 조금 쉰 다음에 또 돌아다니자. 다니다 보면 배도 좀 꺼질 테니까."

"네……, 그래도 당장은 힘들어요……."

피네는 그렇게 많이 먹지도 않았는데 움직일 수 없는 상태가 되었다.

애초에 몸집이 작고, 대식가도 아닌데 용케도 전부 제패하겠다는 목표를 세웠구나.

그만큼 기대하고 있었던 모양이다. 왠지 내가 아니라 피네가 더 즐기고 있는 것 같은데, 딱히 상관은 없겠지.

즐거워하는 피네를 보는 것도 나쁘진 않다.

그렇게 광장에서 느긋하게 지내고 있자니 눈에 익은 얼굴이 걸어가는 게 보였다.

똑같이 생긴 얼굴이니까.

"레오하고……, 마리인가?"

"무슨 일일까요? 두 분께서."

"데이트를 할 성격도 아닐 테니 일이라도 하고 있는 거겠지."

레오의 성실한 성격은 정말 대단하다.

내 예상을 뒷받침해 주려는 듯이 레오 근처에 기사 몇 명이 있었다.

저 녀석의 일 중독도 정말 곤란하다. 어제는 여기저기에 있는 마을을 방문하고 다녔을 텐데, 이번에는 또 무슨 일에 끼어들었는지.

역시 쌍둥이라고 해야 하나? 레오가 아무런 낌새도 보이지 않고 내가 있는 쪽을 돌아보았다.

"형? 피네 양도 계셨군요."

"여어."

나와 피네의 모습을 본 레오와 마리가 우리가 있는 쪽으로 다가왔다.

레오 뒤에서 한 발짝 물러나 조용히 따라오는 걸 보니 마리는 메이드의 귀감이라 할 수 있겠지. 우리 잔소리 집사도 본받았으면 좋겠다.

"안녕, 형, 피네 양. 두 사람은 데이트해?"

"데이트해요!!"

피네는 그렇게 선언했지만, 레오는 쓴웃음을 짓고 있었다.

그런 게 아니라는 걸 알고 있겠지.

"그렇게 보여?"

"미묘한데."

"아으……, 충격이네요……."

피네는 어깨를 축 늘어뜨렸다.

나하고 그렇게 데이트를 하고 싶었나?

뭐, 피네는 내가 실버라는 걸 알고 있으니까.

"우리는 그냥 내버려 둬. 그쪽은 또 어떤 일에 끼어든 거야?"

"이곳저곳에서 절도 사건이 벌어진 모양이야."

"절도?"

참 용감한 녀석이네.

아버님께서는 아직 도착하지 않으셨지만, 이 축제는 황제가 주최하는 축제다. 황족과 근위기사가 주역인데 그런 축제 전야제에서 범죄를 저지르다니.

황제에게 시비를 거는 거나 마찬가지다.

"뭘 노린 범행인데?"

"귀금속인 것 같아. 그러니까 피네 양은 조심하는 게 좋을 것 같은데."

"네? 저 말인가요? 아!"

피네는 그렇게 말하고 자신의 머리카락에 달고 있던 푸른 갈매기 머리장식을 만졌다.

피네는 아버님에게 받은 그 머리장식을 기본적으로 떼지 않는다. 아니, 뗄 수가 없다. 황제에게 받은 선물이니까. 최대한 달고 있는 게 무난할 것이다. 나나 레오 같은 황자와 함께 지내는 기회가 많다면 특히.

하지만 변장을 하고 있으니까 오늘 정도는 떼도 괜찮을 것 같은데.

"넣어두러 다녀올까?"

"그, 그건 좀……. 시간도 걸릴 테고, 이건 황제 폐하께 받기도 했지만 제 마음에 들기도 하는 거라서요……."

"뭐, 네가 괜찮다면 상관없지만."

"……아르 님께서 걱정하신다면 떼내서 가지고 있을게요."

피네는 그렇게 말한 다음 어쩔 수 없다는 듯이 머리장식을 뗐다.

그런 이야기를 하고 있자니 묘한 기척이 느껴졌다.

내 주위에 펼치고 있던 결계에 이물질이 침입한 것이다.

인간이 아니다. 아래쪽을 보니 그곳에는 하얀 족제비 같은 동물이 있었다.

"저건……."

"작고 귀엽네요!"

길이는 10센티미터 정도.

사랑스럽게 생긴 그 동물은 타박타박 피네 쪽으로 다가왔다.

겉으로 보기에는 위험하지 않다. 그런데 왠지 위화감이 든다.

나는 이 동물을 어디선가 본 적이 있다. 분명히 서부에만 서식하는 동물이었던 것 같은데······.

그런 생각을 하고 있자니 그 동물은 피네의 다리에 머리를 비벼댔다. 그 모습을 본 피네는 눈을 반짝이며 앉아서 쓰다듬기 시작했다.

"귀여워요! 아르 님! 귀엽네요!"

"그래, 그거 잘 됐네······, 레오. 이 동물 이름이 뭐였지?"

"음, 예전에 본 적이 있긴 한데······."

"대륙 서부에 서식하는 브레트라는 동물입니다."

""그거야!""

마리가 한 말을 듣고 나와 레오가 한목소리로 대답했다.

그러던 와중에도 피네는 브레트를 계속 귀여워하고 있었다.

그런데 다음 순간, 브레트가 피네의 가슴으로 뛰어들었다.

"아하하! 안 돼요! 간지러워요! 앗!"

피네는 응석을 부리기 시작한 브레트를 끌어안았고, 그러던 와중에 브레트가 가슴 쪽에서 옷 안으로 파고들려 하고 있었다.

피네는 몸집이 작지만 의외로 깊은 계곡을 가지고 있기에 조금 선정적인 광경이 되어버렸다.

"꺄악! 아하하! 정말! 안 된다니까요! 어라?! 아으으?!"

처음에는 머리만 집어넣고 있던 브레트가 바로 피네의 손에서 빠져나가 완전히 옷 안으로 들어가 버렸다.

"응! 아! 안 돼! 거, 거기는?! 하으으?!"

브레트는 피네의 옷 안에서 이리저리 기어다녔다. 피네는 간지러움과 부끄러움 때문에 끙끙댔다.

그 광경을 본 나와 레오는 무심코 보면 안 될 것을 봐버린 느낌이 들어서 고개를 돌렸다.

마리가 눈치 빠르게 다가갔지만, 그 사이에 또 결계에 침입한 브레트가 있었다.

그 브레트를 어떻게든 막으려고 나와 레오가 다가갔지만, 재빨리 도망쳐 버렸다.

그리고 브레트는 완전히 피네에게 의식을 집중하고 있던 마리의 발치에 도착한 다음 다리를 쭉쭉 기어올라가 이번에는 마리의 치마 속으로 침입했다.

"히익?! 이 녀석! 그만둬!"

"안 돼요! 그만해요! 속옷을 잡아당기지 말아주세요!"

"어디로 들어가는 거야?! 이 녀석! 망측하게!"

두 사람 모두 옷 안에 침입한 브레트를 상대로 악전고투를 벌이고 있다.

아무리 그래도 도와줄 수는 없었기에 우리는 어떻게 해야하나 생각하며 서로 얼굴을 마주보았는데, 그 틈을 타서 다시 결계에 침입한 브레트가 있었다.

그것은 지금까지와는 다른 브레트였다.

브레트는 브레트인데, 움직임이 매우 빨랐다. 재빠르게 마리의 몸을 타고 올라간 다음, 피네의 몸으로 넘어갔다. 그리고 곧바로 무언가를 물고 도망쳤다.

그걸 기다리고 있었다는 듯이 피네와 마리의 옷에 침입했던 브레트도 재빠르게 두 사람의 옷 안에서 빠져나와 각각 다른 방향으로 흩어졌다.

"으으으……."

"저 음수……, 내버려 둘 수 없겠군요."

"그래, 내버려 둘 수는 없지. 골치 아픈 물건을 도둑맞았어."

"당했구나……. 저렇게 브레트를 쓰는 게 절도범의 수법이었던 모양이야."

나와 레오는 동시에 인상을 썼다.

피네가 들고 있던 머리장식이 사라진 것이다.

그 사실을 눈치챈 피네는 새파랗게 질렸다.

"화, 황제 폐하께 받은 머리장식이……!"

"뭐, 피네가 사과하면 아버님께서도 혼내진 않으실 테고, 오히려 내게 맡기라고 하면서 범인을 찾을 테지만, 소동을 일으키지 않는 게 무난하겠지. 우리들끼리 찾자."

"그래. 나는 마리하고 같이 찾을게. 마리는 도둑맞은 거 없어?"

"네. 귀금속은 차고 다니지 않으니까요."

"귀금속만 노리고 길들여 놓은 걸지도 모르겠어. 단독범은 아니겠네."

레오는 그렇게 말한 뒤, 마리를 데리고 다른 쪽 브레트를 쫓아갔다.

나도 쫓아가려 했지만, 피네가 울상을 지으며 내 옷을 잡았다.

"저, 저는 돌아갈게요……."

"신경이 쓰여서 그러는 거야?"

"……저는 아르 님께서 기분 전환을 하셨으면 해서 나오자고 말씀드린 거예요……, 그런데……, 또 폐를 끼쳐드려서……, 저 같은 건 없는 편이 아르 님께서도……."

피네는 눈물을 뚝뚝 흘렸다.

자기 때문에 폐를 끼쳤다고 생각하는 모양이다.

딱히 피네가 잘못한 건 아니다. 절도범도 피네라는 걸 알고 노리지는 않았을 것이다. 만약에 알고 있었다면 수법이 너무 조잡하다.

방금 그건 우연이다. 그러니 피네가 신경 쓸 필요는 없다.

"네가 있어주는 게 더 마음이 편해."

"네……?"

"그러니 폐를 끼쳤다는 말은 하지 마. 금방 찾아줄게. 안심해."

"그래도……, 벌써 안 보이게 되어버렸는데요……."

"괜찮아. 나는 금방 찾아낼 수 있으니까."

"하, 하지만…… 광범위하게 마법을 쓰면 마력이……."

피네가 말한 대로 수렵제가 코앞으로 다가온 상태다. 마력을 별로 소비하고 싶진 않다.

그렇긴 하지만, 이 정도 문제는 마법을 쓸 필요도 없다.

"내가 뭐든지 마법을 써서 해결할 것 같아?"

"그, 그런 건 아니지만요……!"

"저런 동물은 똑똑하지. 하지만 결국 동물이야. 그렇게 생각하면 보이는 것도 있지."

나는 그렇게 말한 다음 피네를 데리고 뒷골목으로 향했다.

그 머리장식을 채간 브레트는 바로 이쪽을 향해 달려갔다.

브레트는 눈이 특별히 좋은 동물이 아니다. 그렇다면 소리나 냄새 같은 거겠지.

"지금부터 찾는 건 힘들 것 같은데요……."

"그 녀석을 찾는 게 아니야. 그 녀석을 부른 걸 찾는 거지."

"부른 것이요?"

"여자 옷 안으로 들어가는 거나 귀금속을 노리는 건 훈련으로 어떻게든 되겠지만, 멀리 떨어진 곳으로 가지고 오라는 건 힘든 일이야. 게다가 이렇게 사람들이 많은 곳이니까."

"그러고 보니 그렇네요. 아, 범인이 가까운 곳에 있었던 것 아닐까요?!"

"그렇게 위험한 짓을 할 정도였으면 처음부터 브레트를 쓰지도 않았겠지. 뭔가 트릭이 있을 거야."

나는 그렇게 말한 다음 뒷골목을 꼼꼼하게 찾아보았다.

그러자 작은 상자가 틈새에 놓여있었다.

그걸 열어보니 정답이었다.

"그건 뭐죠?"

"'축음석'. 담아둔 소리를 정기적으로 뿜어내는 돌이야. 몬스터를 유도할 때 쓰곤 하지. 보통 암컷의 소리인데, 아마 이번에도 그럴 거야. 이걸 일정한 간격으로 놓아두면 목적지까지 유도할 수 있거든."

"그렇군요! 암컷에게 줄 선물로 머리장식을 훔쳐간 거네요!"

"그런 거지. 그 습성을 이용해 절도에 써먹는 녀석들이 있어."

"너무해요! 용서할 수 없어요!"

"그래, 우리를 깔보고 말이지. 반드시 붙잡자."

"네!"

그렇게 기운찬 대답과 함께 수색이 시작되었다.

돌을 놓아두려면 최대한 사람들이 별로 다니지 않는 곳에 놓아둘 것으로 예상하고 우리는 좁은 골목을 나아갔다.

그 예상은 들어맞았고, 돌이 서쪽을 향해 계속 놓여 있었다.

단, 예상하지 못했던 것은.

"좁아요오……."

"조금만 참아……."

들어간 골목이 매우 좁은 곳이었다는 점이라고 해야 하나.

좁은 곳에서 나와 피네가 따로 나뉘어 상자를 찾아보았다. 그리고.

"여기 있네요!"

"좋았어."

피네 쪽을 돌아보았다.

그러자 피네가 상자를 찾아낸 다음 폴짝폴짝 뛰고 있었다.

위험하다고 생각하고 있자니 피네가 균형을 잃었다.

겨우 앞으로 나가서 쓰러질뻔한 피네를 잡았지만, 끌어안는 듯한 형태가 되어버렸다.

"으으으윽?! 죄, 죄, 죄송합니다!!"

"아, 아니. 나도 미안해……."

얼굴이 가까워서 그런지 피네는 허둥대며 내게서 물러났다.

피네의 얼굴이 붉게 물들었는데, 내 얼굴도 마찬가지겠지.

그러고 있자니 피네 곁으로 브레트가 다가왔다.

그리고 슬픈 듯한 울음소리를 내며 피네의 다리에 머리를 비벼 댔다.

"가엾게도……, 괜찮아요. 금방 구해줄 테니까요!"

"이제 거의 다 온 것 같은데. 갈까."

우리는 골목을 빠져나와 서쪽으로 향했다.

그러자 방금 봤던 것과는 다른 브레트가 민가로 들어갔다.

그렇군. 저기가 본거지인가?

"저곳이네요."

"그래. 그럼 잡아볼까."

나는 그렇게 말하고 부스스한 머리를 다듬고 대충 입었던 옷도 단정하게 다듬었다.

그리고 등을 쭉 편 다음 주위를 순찰하고 있던 기사에게 말을 걸었다.

"자네들."

"레, 레오나르트 전하!"

"주위에 있는 기사들을 모아다오. 절도범 본거지를 찾아냈다."

"이, 이럴 수가?! 역시 레오나르트 전하십니다! 바로 연락하겠습니다!"

기사들은 눈을 반짝이며 주위에 있던 기사들을 모으기 시작했다. 이곳저곳에 있는 마을을 돌아다니면서 절도범을 잡는데 협력하고 있던 레오는 동부 기사들에게 평판이 매우 좋은 모양이다.

이제 대충 해결되겠는데.

하지만 뒤쪽을 돌아보니 피네가 불만스러운 표정을 짓고 있었다.

"왜 그래?"

"찾아내신 건 아르 님이신데⋯⋯."

"내가 말하면 기사들이 움직이지 않아. 놓치면 곤란하잖아?"

"그렇지만⋯⋯, 또 세간에서 레오 님만 칭찬할 거예요⋯⋯."

"그런 걸 신경 쓰는 거야? 상관없잖아. 레오가 칭찬받으면 제위 쟁탈전에 유리하니까."

그렇게 피네를 달래려 했지만, 그녀는 계속 불만스럽다는 표정이었다.

그러던 와중에 기사들이 모여들었다.

그들에게 민가를 포위하라고 지시를 내린 다음, 돌입 신호를 보냈다.

방심하고 있었던 모양이다.

돌입은 멋지게 성공했고, 남자 네 명이 민가에서 붙잡힌 채 끌려나왔다.

나는 그 모습을 보며 피네와 함께 민가로 들어갔다.

그곳에는 우리에 갇혀 있는 브레트와 도닌당한 귀금속이 있었다.

"잠깐만 봐도 될까?"

"네? 아, 저기……, 이런 경우에는 도난품에 손을 대면 안 되는 규칙이 있습니다만."

"안심해. 금방 끝날 테니까."

나는 기사들의 충고를 무시하고 도난품을 뒤져보았다.

그곳에는 푸른 갈매기 머리장식이 있었다.

나는 그것을 집어든 다음 피네에게 건넸다.

"피네. 안경을 벗어줘."

"네."

"당신은?!"

"잘 알고 있겠지만, 창구희야. 그녀의 머리장식을 도둑맞았거든. 그래서 찾고 있었지. 이건 내 주위 사람들밖에 몰라. 키르에서 아버님께서 선물하신 물건이 도둑맞았다면 순찰이나 경비를 담당하던 기사들도 무사하지 못할 테니까. 다른 사람에게 이야기해도 상관없지만, 이야기가 새어 나가서 곤란해지는 건 너희라는 걸 이해해 줬으면 하는데."

"네, 네! 저는 아무것도 보지 못했습니다!"

"저, 저도 마찬가지입니다!"

도난품을 관리하던 기사들이 그렇게 선언했다.

나는 그 대답에 만족하며 피네와 함께 바깥으로 나왔다.

기사들의 눈에서 벗어나자 나는 레오에서 아르로 돌아왔다.

"휴~, 이제 레오에게 설명만 하면 되겠구나. 그래도 찾아내서 다행이야."

"감사합니다. 전부 아르 님 덕분이에요."

"딱히 대단한 일을 한 건 아닌데."

"……아르 님의 활약을 사람들이 알지 못해도 괜찮아요……, 제가 알고 있으니까요! 아르 님께서 훌륭하시고 멋지다는 건 제가 확실하게 기억할게요! 앞으로도! 계속요!"

피네는 이해가 잘 안 되는 선언을 했다.

왠지 모르겠지만 너무 심하게 각오를 다지고 있어서 숨까지 헐떡이고 있다.

하지만 기분이 나쁘진 않았다.

"그래? 그럼 앞으로도 잘 부탁할게."

"네! 언젠가 책을 낼게요! 아르 님의 활약을 빠짐없이 전할 거예요!"

"그건 안 해도 돼."

"네~? 어째서요~?"

그렇게 우리는 그 이후로도 둘이서 웃으면서 축제를 즐겼다.

6

전야제가 끝나고, 수렵제 본 행사가 다가왔다.

아버님의 연설로 축제가 개최되지만, 아직 아버님의 준비가 끝나지 않았다. 그동안 나와 레오는 성벽에서 거리 상황을 살펴보고 있었다.

"역시 본 행사가 다가오니 엄청나게 북적이는구나."

"정말 그렇네. 바람직한 일이야. 동부 사람들은 계속 몬스터 때문에 괴로워했으니 이런 시간도 필요할 것 같아."

"그래. 아버님께서도 뒤늦게 대처하게 된 걸 미안하게 생각하시는 모양이니까. 동부 백성들에게 미리 돈을 뿌린 것 같던데. 축제를 즐기라고."

축제만으로는 불만이 해소되지 않을 거라 예상했을 것이다.

그리고 지갑 끈도 느슨하게 풀어줘야 축제를 개최한 의미가 있을 거라 생각한 거겠지. 그 계기를 만들기 위해 드는 돈을 황제가 가장 먼저 부담한 거고.

몬스터 때문에 고생해온 동부 백성들은 경계심이 강하다. 돈이라도 뿌리지 않는다면 축제가 개최되더라도 지갑을 열지 않을 것이다.

그런 의미에서는 대단한 사람이다. 하지만 그런 시기를 노려서 어제 절도범 같은 녀석들도 생겨난 것이다. 그 이후로 순찰하는 기사들도 늘어났기에 큰 사건이 벌어지지는 않았지만, 자잘한 사건은 많이 일어났다.

일손이 부족해서 근위기사인 에르나까지 동원되었을 정도다.

"여기 있었어?"

뒤에서 목소리가 들리자 둘이서 동시에 돌아보았다.

그러자 그곳에는 에르나가 있었다.

오기 직전까지 도와주었던 모양이다. 조금 피곤한 표정으로 보였다. 뭐, 근위기사로서 힘든 훈련을 하고 있는 에르나가 체력 때문에 지치진 않았을 테니 정신적인 피로겠지만.

"안녕, 에르나. 상황은 어때?"

"본 행사가 시작되기도 전에 지쳤어. 정신적으로. 자잘한 싸움을 처리하거나, 소매치기를 쫓아가거나. 내가 별로 하지 않던 임무니까. 그러는 넌 어때?"

"나는 그냥 그렇지. 하지만 의욕은 충분해."

"어머? 왠일로?"

레오가 이런 말을 하는 건 드문 일이다.

성격을 생각하면 이런 경우에는 무난하게 넘어가는 녀석이기 때문이다.

"먼저 몬스터에게 피해를 입은 마을을 돌아보고 왔거든. 우리는 황족으로서 그들에게 기운을 나게 해주는 의무가 있을 거라 생각해. 그리고 우승하면 상금도 나오니까. 그거하고 내가 가지고 있는 돈을 합쳐서 기부할 생각이거든."

"……너, 그런 생각을 하고 있었어?"

"에휴……, 거의 비슷한 시기에 동부에 도착했을 텐데. 그동안 너는 뭐 하고 있었어? 아르."

"전야제를 즐겼지."

근처 노점에서 발견한 전리품, 흙도마뱀 구이를 보여주자 에르나는 이마에 손을 짚으며 한숨을 쉬었다.

그렇게까지 실망할 일도 아닐 텐데.

"레오의 장점을 하나만이라도 아르가 가지고 있었다면 나도 소꿉친구로서 안심할 텐데……, 레오는 절도범을 잡는데 공헌해서 이 도시의 기사들이 엄청 칭찬했거든?"

"나도 축제에 공헌했다고. 황족으로서 돈을 써줬지."

"에휴……."

"형의 장점은 얼마든지 있어. 형이 너무 잘 숨겨서 사람들이 눈치채지 못하는 것뿐이야."

한숨을 쉬는 에르나에게 레오가 나서서 변호해 주었다. 이 녀석답네.

레오에게는 내가 레오인 척했다는 사실을 말하지 말라고 해두었다. 이제 와서 정정해 봤자 의미도 없고, 사람들이 나와 레오가 자주 뒤바뀐다고 생각하면 곤란해진다.

에르나에게도 일단 말하진 않고 있다. 에르나는 우리에게 협력적이지만, 우리 진영 사람인 건 아니기 때문이다.

"역시 레오야. 좋은 말을 했어. 상으로 한 입 주마."

"고마워. 응? 의외로 괜찮은데?"

"그렇지? 내게는 노점에서 맛있는 음식을 발견할 수 있는 재능이 있단 말이지."

"그런 재능은 황자에게 필요없잖아……, 자, 가자. 레오도 돌아 가. 슬슬 시작할 거야."

에르나가 그렇게 재촉하자 나는 재빨리 도마뱀 구이를 입속에 집어넣었다.

드디어 기사 수렵제가 시작되려 하고 있었다.

■ ■ ■

"우리 제국은 몬스터에게 고생한 경험이 적은 나라다. 그 때문 인지 몬스터에 제때 대처하지 못했지. 이번에도 내 부덕함 탓에 동부 백성들을 고생하게 만들었다. 정말 미안하게 생각한다. 부 디 어리석은 황제를 용서해 다오."

많은 백성들 앞에서 아버님이 연설하고 있다.

우리가 나설 차례는 아직 오지 않았다.

원래는 영주의 저택인 곳을 대기실로 쓰고 있었는데, 내 방에 손님이 나타났다.

에르나나 피네일 거라고 생각했는데, 그곳에 있던 사람은 조금 뜻밖의 인물이었다.

"크리스타……? 무슨 일이야?"

"오라버니……."

그곳에 있던 사람은 크리스타 렉스 아드라. 열두 살인 제3황녀 였다.

윤기 있는 금발과 호박색 눈동자를 지닌 여동생이다. 나중에 크면 피네와 맞먹을 수 있을 정도로 미인이지만, 그 아름다움은 마치 인형 같다는 말을 듣곤 한다. 그 이유는 그리스타가 표정을 잘 드러내지 않는 아이이기 때문이다.

마음에 들어 하는 토끼 인형을 들고 무표정하게 나를 올려다보고 있는 모습이 인형 같긴 하다. 하지만 눈이 조금씩 떨리고 있었다. 불안함을 느끼고 있을 때 보여주는 모습이다.

"일단 들어와. 무슨 일이야? 곤란한 일이라도 있어?"

"아니야……, 크리스타는 안 곤란해……, 여기 사람들이 더 곤란해……."

이해가 잘 안 되는 설명이다.

사람들은 대부분 이 시점에서 탈락한다. 하지만 크리스타 상대로 그러면 안 된다.

나는 크리스타를 의자에 앉히고 눈높이를 맞추기 위해 앉았다.

이 아이는 황족 중에서도 지극히 특수한 존재다.

아무도 눈치채지 못했거나 눈치채지 못한 척하고 있지만, 이 아이는 선천적으로 마법을 지니고 있다.

원래 마법이라는 것은 수련해서 익히는 것이지만, 이 세상에는 자연스럽게 마법을 쓸 수 있는 자가 극소수 존재한다. 선천마법이라 불리는 그것을 사용할 수 있는 자들은 매우 귀중하고 강력하다. 쓸 수 있는 마법은 그 사람만의 고유한 마법이고 다른 사람들이 결코 쓸 수 없는 마법이기 때문이다.

크리스타에게는 그것이 있다.

아마 미래예지나 그것과 유사한 무언가일 것이다. 예전에 황태자가 죽었을 때도 내 눈앞에서 큰형이 죽는다고 울부짖었다.

소문이 퍼지면 잔드라 같은 사람이 신이 나서 이용하려 할 테니 아무에게도 말하지 말라고 입막음을 했지만, 뭔가 보이면 내가 있는 곳으로 오라고도 말했다. 여기로 온 걸 보니 그런 뜻이겠지.

"이번에는 뭘 봤니?"

"……이 도시가 몬스터에게 포위당했어……."

크리스타의 능력은 아직 안정되지 않았다.

가끔 미래라고 예상되는 영상을 보는 것 같은데, 그것은 크리스타에게 악몽에 가까운 영상뿐이다.

게다가 매번 맞는다는 보장도 없다. 하지만 맞을 때도 있다.

그렇기 때문에 내버려 둘 수는 없다.

"누군가가 확실하게 죽는 모습을 본 건 아니지?"

"응……."

"그렇구나. 알려주러 와준 거, 잘했어. 움직이기 많이 편해졌으니까."

"……오라버님도 갈 거야?"

"그래. 함께 있을 순 없거든."

"……."

크리스타는 불만스러운 듯한 표정을 지었다.

불안해하는 자신을 두고 가는 게 마음에 들지 않는 거겠지. 하지만 크리스타 한 사람을 위해 남아있을 수는 없다.

애초에 도시가 몬스터에게 포위당한다면, 바깥쪽에 있는 게 대처하기 편하다.

"실례하겠습니다. 피네입니다."

마침 좋은 타이밍에 피네가 방에 왔다.

그녀는 과자 봉투를 들고 있었다.

나이스다!

"크리스타, 소개할게. 내 친구인 피네야."

"아, 처음 뵙겠습니다, 크리스타 황녀 전하. 피네 폰 크라이네르트라고 합니다."

"알아. 창구희. 제국에서 제일 예쁜 사람."

"잘 아네."

머리를 쓰다듬어주었지만 크리스타는 표정이 변하지 않았다. 하지만 싫어하는 기색도 보이지 않았다.

크리스타는 나와 레오, 그리고 국경에 있는 장녀만 따른다. 친아버지도 경계하는 아이이기 때문에 주위 사람들은 매우 다루기 힘들어한다.

이번에도 물론 여기에 남겠지만, 이런 상태인 크리스타를 방치할 수도 없다.

"피네. 미안하지만 크리스타와 함께 있어줄래?"

"오라버님이 좋은데……."

"피네는 믿을 수 있어. 나 같은 녀석보다 훨씬 더. 그리고 과자도 정말 맛있거든. 좋아하지?"

나는 그렇게 말하고 피네가 들고 있던 과자봉투에서 과자를 꺼낸 다음 크리스타에게 보여주었다.

그것은 토끼 모양 쿠키였다.

조심조심 입에 넣은 크리스타는 바로 피네를 빤히 바라보았다.

그 모습을 본 나는 쓴웃음을 지었다.

"축하해. 너를 잘 따르는 모양이야."

"네? 잘 따르는 건가요……?"

"이 아이는 잘 따르는 사람말고는 빤히 바라보질 않거든. 관심이 없으니까. 크리스타. 나나 레오가 돌아올 때까지는 피네가 곁에 있을 거야. 그래도 괜찮지?"

"응…….."

"그렇다네. 미안하지만 최대한 크리스타 곁에 있어줘."

"알겠습니다. 아르 님께서 그걸 원하신다면 기꺼이요."

피네는 그렇게 말하고 웃은 다음 크리스타에게 다른 과자를 주기 시작했다.

한순간 먹이로 길들인다는 단어가 떠올랐지만, 너무 실례가 되기 때문에 소리 내어 말하지는 않고 삼켰다.

그리고 바깥에서 큰 환호성이 들렸다.

아마 아버님의 연설이 끝났을 것이다.

이제부터는 우리가 주역이 되어야만 한다.

"자, 가볼까. 크리스타. 우선 백성들에게 얼굴을 보여줘야지."

"……."

"싫다는 표정 짓지 마. 어쩔 수 없잖아. 우리는 황족이니까."

"……오라버님은 항상 빼먹어."

"이번에는 안 빼먹잖아? 자, 가자."

나는 크리스타의 손을 잡고 방을 나섰다. 그 뒤에서 피네가 따라왔다.

그러자 비슷한 타이밍에 방에서 나온 골치 아픈 녀석과 마주쳤다.

"어머? 애나 보고 있다니, 여유롭네? 아르노르트. 암스베르그 가문의 신동을 손에 넣어서 그래?"

제2황녀 잔드라다.

크리스타가 재빨리 내 뒤에 숨었다. 그 모습을 본 잔드라는 불쾌하다는 듯이 인상을 찡그렸다.

"누님. 애를 본다니, 너무하네. 여동생을 돌보는 건 오빠로서 당연히 할 일인데."

"거슬리네. 왠지 대답에도 여유가 느껴져."

"그러는 누님은 짜증이 난 것 같은데. 이유가 뭐야? 잘 풀리지 않은 일이라도 있었어?"

내가 대답하자 잔드라는 한순간 엄청나게 화가 난 표정을 지었지만, 곧바로 태연한 상태로 돌아왔다. 여기에서 분노해봤자 의미도 없고, 쓸데없이 약점만 잡힐 뿐이라는 것을 깨달았기 때문일 것이다.

뭐, 굳이 화를 내지 않더라도 암살자가 잔드라의 부하라는 걸 알고 있긴 하지만, 일부러 말할 필요는 없겠지.

"각오하라고. 아무리 강력한 검을 손에 넣었다 해도 제대로 써먹지 못하면 의미가 없다는 걸 가르쳐 주겠어."

"흥! 네놈 따위가 뭘 가르친다고?"

나와 잔드라의 이야기를 듣고 고든이 모습을 드러냈다.

정말, 이 두 사람은 맞붙지 않으면 직성이 안 풀리는 모양이다.

그런데 고든의 날카로운 시선이 내게 쏠렸다. 한순간, 심장을 붙잡힌 듯한 기분이 들었다.

역시 전장에서 공을 세울만도 하다. 꽤 강한 살기다. 마법을 쓰지 않으면 분명히 순식간에 살해당하겠지.

"어때? 아르노르트. 네 검을 내게 넘길 생각은 없냐? 지금이라면 아직 늦지 않았는데. 아버님께 부탁드려라. 나와는 주제가 안맞는다고 울면서 애원해. 그리고 내게 어울린다고 추천하라고."

"안타깝지만 그럴 배짱은 없어, 형님. 아버님의 판단이 잘못되었다고 말하는 거나 마찬가지잖아. 나는 아버님이 더 무섭거든."

"흥, 보물을 남에게 넘길 도량도 없는 거냐? 보물이 아깝군. 뭐, 됐다. 거기 있는 여자와 함께 박살 내주마."

"그건 내가 할 말이야."

잔드라와 고든이 서로 노려보았다.

우리는 그 틈을 타서 그곳을 뒷걸음치며 물러났다.

이런 싸움에 휘말려봤자 손해만 볼 뿐이다.

"오라버님……, 역시 무서워……."

"괜찮아. 피네가 같이 있을 거니까. 그리고 무슨 일이 생기면 구하러 올게. 약속이야."

"정말……?"

"그래, 정말이야."

나는 그렇게 말하고 크리스타의 자그마한 손을 꼬옥 잡았다.

그러자 안심했는지 크리스타는 살짝 미소를 보였다.

그런 크리스타의 머리에 살며시 손을 얹은 사람이 있었다.

"아쉽네. 크리스타는 형에게만 부탁하는 거야?"

"레오 오라버님!"

레오를 본 크리스타는 기뻐하며 레오를 끌어안았다.

그리고 나와 레오의 손을 양쪽 손으로 각각 잡았다.

좀 전보다 훨씬 더 표정이 부드러워졌다.

"이제 안심이야……!"

"그럼 됐고. 레오, 어디로 돌지 정했어?"

"나는 남쪽을 돌아볼래."

"남쪽? 그쪽은 몬스터에게 피해를 별로 입지 않은 곳이잖아?"

"응. 물론 축제 분위기를 살리는 것도 중요하고, 전권 대사도 중요하지. 그래도 몬스터를 많이 토벌해서 동부의 불안을 해소하는 것이 가장 중요하다고 생각하거든. 아마 나 말고는 남쪽으로 가지 않을 거야. 남쪽에도 몬스터가 있는데 말이지."

레오다운 생각이다.

몬스터가 많이 있는 곳에만 모이면 동부 전체에 도움이 되지 않는다.

그렇기 때문에 아무도 가지 않는 곳에 간다. 그건 훌륭한 생각이지만.

"그래서? 승산은 있는 거야?"

"있지. 남쪽은 몬스터에게 피해를 별로 입지 않았어. 몬스터가 다가오지 않았거든. 이유를 물어보니 꽤 강한 몬스터가 남쪽에 자리 잡았기 때문이래."

"그렇구나. 대박을 노리는 건가?"

"그런 거지."

축제의 특성상, 크고 강한 몬스터를 한 마리라도 쓰러뜨리면 우승할 수 있는 가능성이 생긴다.

그런 점으로 따지면 다른 몬스터가 두려워하는 몬스터를 노리는 건 잘못된 생각이 아니다.

"마을을 돌아다닌 이유가 그거였구나."

"물론 위문도 할 겸 간 거거든? 그래도 할 일은 해야지."

"안심이 되네. 그런 식으로 열심히 해."

"형도 열심히 하지 않으면 에르나에게 혼날 걸?"

"상관없어. 나는 열심히 하지 않는 정도가 딱 좋거든."

우리는 그런 이야기를 하면서 발코니로 나왔다.

많은 백성들이 우리를 보고 있었다.

그리고 황제의 아이들이 모두 발코니에 모여 얼굴을 보여준 다음, 황제가 큰 목소리로 선언했다.

"이 축제 기간동안! 근위기사들은 각자 지켜야 할 나의 아이들에게 충성을 맹세한다! 나의 아이는 기사들을 존중하고, 기사들은 나의 아이들에게 경의를 표한다! 일심동체와도 같이 함께 행동하며 강대한 몬스터와 맞서거라! 우리는 황족! 제국의 적이라면 무엇이든 없앨 의무가 있다! 가라! 나의 아이들아! 나의 기사들아! 지금부터! 기사 수렵제를 개최한다!!"

"우오오오오오!!"

"힘내세요! 에리크 황자님!!"

"아니, 이번에는 고든 황자님의 독무대지!"

"잔드라 황녀님께서 분명히 기발한 전법을 보여주실 거야!"

"나는 레오나르트 황자님을 응원하겠어! 그렇게 자상하신 분은 처음이라고!"

저택에서 황제의 아이들이 기사들을 이끌고 차례차례 출진했다.

이번에 저택에 남는 사람은 크리스타뿐. 나머지는 모두 기사들과 함께 몬스터를 사냥하러 간다.

그런 황제들의 아이들은 이날만을 위해 만든 자신을 나타내는 군기를 내걸고 있다.

내 군기는 검은 바탕에 흰색 십자가. 반대로 레오는 흰색 바탕에 검은색 십자가. 정말 알아보기 쉽게끔 대충 만들었다. 완전히 레오 녀석의 정반대 모양이니 내가 어떤 취급을 받고 있는지 알 수 있다.

하지만 마음에 들지 않는 디자인은 아니다.

"준비는 됐어?"

"물론이지. 가자."

나는 그렇게 말하고 말을 달렸다.

그 뒤에서는 에르나가 이끄는 제3기사대가 따라왔다.

환호성을 받는 사람은 에르나뿐. 하지만 그거면 된다.

나는 그림자에 숨어서 암약하는 역할이니까.

뒤에서 모략을 펼치는 녀석이 있다면 상관없다. 오히려 그걸 이용할 뿐이다.

→ 제3장 키르 방어전

1

"하아아아앗!!"

"이봐, 이봐……. 저 녀석은 상대가 뭐든 상관없는 건가……."

약간 앞쪽에서 싸우고 있는 에르나를 보고 나는 완전히 질려버렸다.

에르나가 싸우고 있는 상대는 블러드 하운드라 불리는 검붉은 늑대형 몬스터다. 숫자는 서른 마리 이상. 무리 지어 행동하는 몬스터이고, 토벌 랭크는 다섯 마리 이상일 경우 A급. 서른 마리 이상일 경우에는 AAA급에 해당될 정도로 골치 아픈 몬스터다.

하지만 에르나는 그렇게 많은 숫자도 전혀 문제가 되지 않는다는 듯이 블러드 하운드를 쓰러뜨려 나갔다. 상위 랭크 모험가 빰 치겠네.

겨우 몇 분 만에 블러드 하운드 무리를 괴멸시킨 에르나는 특수한 수정형 마도구로 그 전공을 기록했다.

그것은 곧바로 본부인 키르에 전달되어 백성들에게 보고된다. 중간 보고로는 우리가 단독 1위다. 에르나는 이미 AAA급 몬스터를 한 마리 쓰러뜨렸고, 그것과 비슷한 블러드 하운드 무리도 쓰러뜨렸다.

축제의 특성상, 엄청나게 큰 녀석을 한 마리만 쓰러뜨려도 역전당하겠지만, 우세를 점하고 있는 건 분명하다.

"아르! 저쪽에서 몬스터를 봤어! 쫓아가자!"

"아니, 오늘은 지쳤어. 근처 마을에서 쉬는 게 어때?"

"왜 그렇게 한심한 소릴 하는 거야? 우승할 거지?"

"그런 말을 한 적은 없는 것 같은데······."

에르나와 기사들만 보낼 수는 없다.

기사들과 함께 출진한 황제의 아이들은 팔찌형 마도구를 차고 있다. 기사대의 대장도 같은 것을 차고 있고, 양쪽 거리가 일정 이상 떨어지면 부서져 버리는 기능이 있다. 대충 1킬로미터 정도? 그렇기 때문에 기사들끼리만 움직일 수는 없다.

크리스타의 기사들은 그런 제한이 없지만, 몬스터를 발견할 경우에는 장거리 마법 통신으로 키르에 있는 크리스타의 허가를 받아야만 한다. 몬스터가 습격한 경우에는 반격할 허가를 받았지만, 완전무장한 기사들을 습격할 몬스터는 별로 없다.

그 장거리 통신 핸디캡 때문인지 크리스타의 기사들은 아직 성과를 올리지 못하고 있다. 대답을 듣기 전에 놓쳐버리기 때문일 것이다.

결국 기사들과 함께 앞으로 나선 것이 정답이었다.

"너는 괜찮겠지만, 다른 사람들은 지쳤어. 첫날이니까 그렇게까지 힘을 뺄 필요는 없지. 축제는 사흘 동안 진행하니까 느긋하게 가자고."

"너, 진짜······."

"어라~? 잠정적인 주군은 나 아닌가? 지시를 어기려는 거야?"

"크윽……, 알겠습니다. 지시에 따르지요……."

"좋아. 그럼 근처 마을로 이동하자."

그렇게 말한 다음, 우리는 근처 마을로 이동했다.

그 마을도 축제 분위기였고, 미리 황제가 마련해 둔 여관이 따스하게 맞이해주었다.

이런 식으로 동부 전체가 축제에 참가하게 되어 있다. 평소에는 가까운 곳에서 볼 수 없는 황족이나 유명한 기사들이 마을에 오는 것만으로도 그 마을은 매우 뜨거운 열기를 보였다. 이 마을 같은 경우에는 에르나가 와서 신이 난 거지만, 뭐, 그렇게 신이 난 이유가 있으니 그나마 나은 거다.

"아주 야단법석이구만."

"황제 폐하께서 그걸 노리신 거니까. 축제를 개최해서 동부의 불만을 풀고 계신 거야."

내가 쓰게 된 방에 에르나가 들어왔다.

노크도 하지 않고 들어오다니, 무례한 녀석이다. 문을 열어둔 건 나지만.

"노크 정도는 하라고."

"어머? 그럴 필요가 있어?"

"그럼 묻겠는데, 네 방에 내가 노크도 하지 않고 들어가면 어떻게 되지?"

"베겠지."

"너무 부조리하잖아?!"

나도 모르게 태클을 걸어버렸다.

그 때문에 들고 있던 포도주가 조금 흘러버렸다. 아아아, 아깝잖아.

"너는 정말 황족답지 않구나……. 마실 것이 조금 흘렀다고 이 세상이 종말을 맞이한 것 같은 표정 짓지 마."

"기사님 주제에 마실 것이 얼마나 소중한지 모르다니. 역시 너는 기사이기 전에 아가씨야. 아무것도 모른다고."

"제도에서 거의 나가본 적도 없는 도련님에게 그런 말을 듣고 싶진 않아……. 아니, 술 같은 걸 마셔도 돼? 내일 숙취라고 해도 안 봐준다?"

에르나는 어이없다는 듯이 그렇게 말하며 내 맞은편에 있는 의자에 앉았다.

갑옷을 벗고 편한 옷차림으로 숨을 돌리는 에르나는 평소보다 훨씬 무방비했다. 움직이기 편한 걸 중시한 차림인 하얀 셔츠와 짧은 붉은색 치마. 딱히 가리지 않고 드러낸 다리에 눈길이 갔다. 하지만 나는 어떤 사실을 눈치챘다.

그렇다. 어떤 한 군데가 몇 년 전부터 성장하지 않은 것 같았다. 나도 건전하고 부도적한 남자다. 예쁜 여자가 보이면 반드시 체크한다. 그런 점에서 말하자면, 에르나는 몇 년 전부터 가슴이 성장하지 않은 것 같았다.

"아르~? 어딜 보고 있는 거야?"

"가슴인데."

"좀 둘러대라고! 정말……!"

에르나는 그렇게 말하며 자신의 소극적인 가슴을 가렸다.

하지만 나는 아랑곳하지 않고 에르나의 가슴을 빤히 바라보았다. 에르나는 나이로 따지면 나보다 한 살 연하인 열일곱 살이다. 하지만 그 나이에 저 가슴이라니, 뭐라고 해야 하나, 매우 안타깝다. 위로가 필요하다는 말이 정확할지도 모르겠다.

분명히 피네가 훨씬 더 크다. 아니, 피네는 헐렁한 옷을 입고 다녀서 눈에 띄지 않을 뿐, 꽤 크다. 역시 대련만 하다 보니 가슴에 영양이 가지 않은 건가?

"강하게 살아."

"감정을 담아서 말하지 마! 뭐야! 빤히 바라본 다음에 하는 말이 그거야?!"

"문득 성장하지 않았다는 생각이 들었거든. 역시 성장하지 않은 건가……."

"성장했어! 다른 사람들보다 성장 속도가 느린 것뿐이지! 작고 그러진 않으니까!!"

"……그렇구나."

씁쓸한 이론이지만 받아들이자. 그게 에르나에게 도움이 될 테니까.

그런 식으로 생각하고 있자니 에르나가 화가 나서 어깨를 떨기 시작했다. 어이쿠, 큰일인데.

"나, 나는 좋은 것 같은데! 그 빈유를 언젠가, 누군가가 필요하다고 할 날이 올 거라고!"

"빈유라고 하지 마! 발육이 다른 사람들보다 조금 늦었을 뿐이라고! 몇 년만 지나면 훌륭하게 자랄 거니까!"

"그건 좀 힘들지 않을까……, 열심히 노력해도 평균 정도밖에."

"아르……, 나, 식후 운동을 좀 하고 싶은데……?"

"자랄 거야! 자랄 거야! 분명히 훌륭하게 자랄 거니까 진정해!"

나는 그렇게 말하고 왠지 전투를 시작했을 때처럼 숨을 크게 내쉬기 시작해서 위험한 에르나에게서 거리를 크게 벌렸다.

방구석에서 떨고 있는 나를 보고 전의가 사라졌는지, 에르나는 다시 의자에 앉았다.

"정말……, 아르는 여전하구나."

"사람은 몇 년으로 바뀌지 않아. 나한테 어떤 환상을 품고 있었는데?"

"평범한 황자야, 평범한 황자. 적어도 누군가에게 바보 취급당하진 않았으면 했는데……."

"네가 신경 쓸 필요는 없잖아? 내가 바보 취급당한 건 예전부터 그랬어. 재능이 없는데 노력하지 않고 놀기만 한다. 레오에게 모든 것을 빼앗긴 찌꺼기 황자. 참 그럴싸한 말 같긴 하지만."

"나는 슬펐고 분했어……."

"그거 고맙네."

살짝 인사를 하자 그녀가 노려보았다.

내가 어깨를 으쓱이자 에르나는 다시 한숨을 쉬었다. 여러모로 마음고생이 많은 녀석이다. 나 같은 걸 신경 쓰고 있을 정도로 한가하진 않을 텐데.

"알기나 해? 네가 아무 말도 하지 않고, 아무것도 하지 않으니까 귀족들 사이에서도 바보 취급하고 있어. 대놓고 너를 바보라고 부르는 귀족도 있거든? 백성들이 네게 불만을 품고 있는 건 이해해. 황족으로서의 의무를 다하지 않으니까. 하지만 귀족은 신하야. 표면상으로나마 예의를 갖출 의무가 있잖아."

"귀족에게도 나를 바보 취급할 권리가 있지. 글러 먹은 녀석을 글러 먹었다고 하는 건 정상이고, 바람직한 거라고 생각하는데."

"또 그런 소리를 하고! 쓴소리가 아니야. 너를 깔보면서 즐기는 거라고! 어렸을 때 유치하게 괴롭히던 것과는 전혀 달라!"

에르나는 신기하게도 열변을 토하고 있었다.

기드 같은 녀석이 에르나 앞에서 말실수를 했나? 아니면 대신이? 뭐, 어찌 됐든 에르나의 감정을 건드린 건 분명하겠지.

에르나가 억지로 내게 온 이유도 그것때문인가?

"그래서? 네 덕분에 우승해서 안 좋은 평판을 없애라고? 너는 내가 어떻게 했으면 하는데?"

"레오가 제위를 노리고 있는 이상, 아르도 실력을 제대로 보여줘야 해. 나는 믿고 있어. 아르는 항상 실력을 보여주지 않는 것뿐이라는 걸. 너는 항상 그랬지. 대충 행동하면서 모든 것을 피하지. 자기 평판이 떨어지면 떨어질수록 레오의 평판이 올라가니까. 그래서 절대로 무언가를 온 힘을 다하지 않았지.”

꽤 제대로 보고 있는 녀석이다.

역시 소꿉친구는 다르구나.

하지만 알고 있다면 내가 할 대답도 알고 있을 텐데.

“나는 지금까지처럼 지내면 돼. 너도 이 축제가 끝나면 내게 참견하지 마.”

“나는!”

“암살당할 뻔했어.”

“……뭐?”

갑자기 그런 말을 듣자 에르나가 한순간 굳었다.

창문을 통해 바깥을 보니 사람들이 거리에서 떠들고 있었다.

그런 모습을 보면서 마치 남 일인 것처럼 설명했다.

“밤에 성을 돌아다니다 보니 습격당했어. 세바스가 없었다면 어떻게 되었을지 모른다고. 이유는 말하지 않아도 알겠지?”

“나…… 때문이야……?”

“이번 축제는 제위 쟁탈전에 중요해. 전권 대사 자리가 걸려있으니까. 네가 있으면 그것만으로 우승 후보야. 당연히 형님이나 누님이 보기엔 마음에 들지도 않고, 제거할 대상이 되겠지. 아무리 뒤떨어지는 나라도 말이야.”

“그럴 수가…….”

“너는 임무 때문에 각지를 돌아다녔으니까 모를 수도 있겠지만, 요즘 형님이나 누님은 자비심이 없어. 어떻게 해서든 제위를 손에 넣을 셈이야. 지면 죽음이 기다리고 있다는 걸 알고 있으니까. 아무도 봐주지 않을 거고, 아무도 동정해주지 않을 거야. 나도 레오가 황제가 되지 않으면 살해당하겠지. 하지만 능력이 없는 사람이 갑자기 발돋움을 하면 이번 같은 일이 일어나. 그러니까 참견하지 마. 네 힘은 너무 강하거든."

나는 그렇게 말하며 에르나를 밀어냈다.

이건 에르나를 위해서 한 말이기도 하다. 암스베르그 가문의 신동으로 유명한 에르나가 어떤 개인을 편드는 건 바람직하지 못하다.

앞으로 분명히 형이나 누나가 에르나를 제거하려 할 것이다. 실력이 아니라 정치의 장에서.

그렇게 제거된 암스베르그 가문 사람들은 과거에도 있다. 그렇기 때문에 암스베르그 가문은 정치에는 기본적으로 발을 들이지 않는다.

제위 쟁탈전이라는 최대의 정치 투쟁에 에르나를 휘말리게 할 수는 없다.

누구보다 강력한 아군이 된다는 사실은 분명하지만, 그와 비슷할 정도로 강력한 적을 만들게 된다. 감정을 놓고 봐도, 상황을 놓고 봐도 에르나와는 거리를 벌리는 것이 제일 좋다.

"……미안해."

"신경 쓰지 마. 이 축제만큼은 열심히 할 테니까. 안심해."

"……응."

에르나는 그렇게 말하고 풀 죽은 채 방에서 나갔다.

그녀의 뒷모습이 매우 쓸쓸해 보였지만, 나는 아무런 말도 걸지 않았다.

그 이후로 우리의 성적은 급속도로 떨어지게 되었다.

2

"크윽……! 어째서 이런 일이!!"

사흘째 아침. 분해하는 에르나를 못 본 척하며 나는 적당하다고 생각했다.

크리스타가 한 말이 마음에 걸렸기에 나는 최대한 키르에서 멀리 떨어지지 않는 것을 고집하며 남쪽으로 움직이고 있었다. 첫 번째 날 밤에 풀 죽은 에르나는 그 결정에 이의를 제기하지 않았다. 어떻게 해서든 우승하겠다는 마음이 사라졌을 것이다.

그 때문에 이틀째부터는 몬스터와 마주치는 경우가 극단적으로 줄어들었다. 몬스터의 습성을 생각하면 당연한 결과다.

몬스터의 생존본능은 인간보다 강하다. 그렇기 때문에 몬스터는 자신보다 강한 개체와 최대한 싸우려 하지 않는다.

"아르. 여기에 계속 있을 거야……?"

"잠깐만 기다려. 생각할게."

나는 그렇게 말하며 어느 정도 계산한 대로 일이 풀리고 있다는 것에 위화감을 느끼고 있었다.

에르나는 하루 만에 주위를 그렇게 마구 헤집어 놓았다. 민감한 몬스터들은 에르나를 위험하다고 판단하고 에르나에게 다가오지 않게 된 것이다.

모험가라면 당연한 지식이지만, 기사인 에르나는 그런 지식이 별로 없는 것 같다. 몬스터를 토벌할 수는 있지만, 몬스터에 대한 이해도는 모험가보다 떨어진다. 모험가라면 신중하게 움직이다가 사흘째에 확실하게 거물을 몰아붙여서 토벌할 것이다.

알고 있으면서 말리지 않았던 것은 그런 전개를 원하고 있었기 때문이다.

현재, AAA급 몬스터를 토벌한 것은 우리와 고든, 레오, 세 팀뿐이다. 모두 한 마리씩 토벌했다. 그에 버금가는 블러드 하운드 무리까지 토벌했기 때문에 우리가 잠정적으로 1위이긴 하지만, 그 자리도 슬슬 위험해지고 있다.

하지만 나는 일부러 남쪽으로 움직이고 있었다. 그 이유는 우리 남쪽에 있는 사람이 레오와 막내 남동생뿐이기 때문이다. 나는 그곳으로 몬스터를 유도하고 싶었다. 그래서 몰이낚시를 하는 것처럼 몬스터들이 경계하는 에르나를 이용해서 우리 근처에 있던 몬스터를 레오가 있는 남쪽으로 유도하고 있었던 것이다.

작전을 생각할 때, 실버로 몬스터를 유도한다는 계획도 있었는데, 그것을 에르나로 실행해 보았다. 그 덕분에 레오네 팀도 AAA급 몬스터를 토벌할 수 있었다.

우리가 우승하는 게 가장 확실하지만, 최선은 레오가 우승하는 것이다. 첫 번째 날 세운 전공만으로 우리는 충분히 우승할 수 있는 가능성이 생겼다. 그렇기 때문에 레오를 보조하는 방향으로 전환했는데, 너무 순조롭다.

이제 레오네 팀이 AAA급 몬스터를 한 마리만 더 토벌해주면 완벽한데, 그건 너무 욕심이 지나친 건가?

근위기사대장 정도라면 AAA급 몬스터도 토벌할 수 있다. 하지만 여유롭게 토벌할 수 있는 사람은 상위 대장밖에 없을 것이다. 레오네 팀에 여유가 없다면 몬스터를 유도해봤자 소용이 없다.

그리고.

"슬슬 움직일 때가 된 것 같은데 말이지……."

"아르……?"

"응? 아, 미안해. 에리크 형님하고 잔드라 형님 쪽 느낌이 불길해서 말이지……."

"AAA급 몬스터 같은 건 자주 마주칠 수 있는 게 아니야. 동부에 세 마리나 있었다는 것만 해도 놀라운데."

"그렇긴 하지……."

"대, 대장님! 전하! 이, 이걸 보십시오!"

나와 에르나가 그렇게 이야기하고 있자니 한 기사가 허둥대며 수정을 보여주었다.

그곳에 떠 있는 것은 현재 순위.

우리 순위는 2위로 떨어졌다. 그 위에는 제5황자, 카를로스 렉스 아드라의 이름이 있었다.

"어떻게 된 거지?"

"그, 그게 갑자기 순위가 변동되어서……, 아마 AAA급 몬스터를 두 마리 토벌한 것 같습니다만……."

"말도 안 돼! SS급 모험가나 상위 대장이 아니라면 불가능하다고! 카를로스 황자 쪽에 있는 건 제7대장이야. 약하다고 할 순 없지만, 불가능해."

"정면으로 싸우지 않았는지도 모르지. 자던 녀석을 습격했다거나, AAA급 몬스터들끼리 싸우던 걸 노려서 토벌했거나. 이것저것 생각해볼 수 있어."

"그런 우연은 말도 안 되잖아?!"

뭐, 말도 안된다고 생각하는 게 보통이겠지. 하지만 실제로 그게 일어났다.

그렇구나. 참지 못하고 꼬리를 드러낸 건가? 좀 더 큰 걸 노리기 위해 잠복하고 있는 줄 알았는데, 카를로스라면 이해가 된다. 그냥 바보니까 누군가에게 이용당하고 있는 거겠지.

제5황자 카를로스는 스물세 살, 이렇다할 특징이 없는 남자다. 우수하다고 평가받지도 않고, 무능하다는 평가를 받은 적도 없다. 하지만 꿈에 젖어서 이야기하는 모습을 보면 영웅이 되고 싶어하는 느낌이 보였다.

그렇게 영웅이 되고 싶어하는 마음을 자극했다면 컨트롤하는 것도 어렵지 않았을 테고.

"우연이 아니면 어떻게 할 건데? 부정행위를 했다고 할 거야?"

"그건……."

"여기서 따져봤자 소용이 없지. 아무튼 기간은 사흘째 밤까지야. 할 수 있는 걸 하자."

나는 그렇게 말하면서도 몬스터를 찾는 것을 거의 포기하고 있었다.

미안하지만 에르나가 다가가면 도망치지 않을 몬스터는 없다. 우리가 역전하는 것은 불가능하다.

하지만 카를로스가 1위로 올라선 시점에서 그런 건 어찌 되든 상관이 없다.

영감님은 축제에서 우승하는 것이 목적이 아니라고 했다. 모략으로 제위에 오른 영감님이 한 말이다. 충분히 믿을 수 있다.

그리고 크리스타가 꾼 악몽.

키르가 몬스터들에게 포위당한다는 악몽을 믿는다면, 도출되는 전개는 꽤나 최악이다.

키르에는 당연히 수비대도 있지만, 황제를 지키는 근위기사대는 황제의 아이들과 함께 동부에 흩어져 있다. 황제는 과거에 이런 사례가 없을 정도로 무방비한 상태다.

키르에서 가까운 곳에 있는 팀은 나와 레오, 그리고 카를로스 정도다. 나머지는 키르에서 점점 멀어져가고 있다. 절묘하게 거리를 유지하고 있는 걸 보니 몬스터에게 공격당하는 황제를 구하겠다는 생각인 모양인데, 카를로스 이 자식은.

바보 아니야? 그렇게 잘 풀리기만 할 리가 없을 텐데.

"부탁이니까 똑똑하게 좀 굴어라……."

나는 작은 목소리로 중얼거리고 형이 똑똑하기만을 하늘에 빌
었다.

■ ■ ■

지면이 흔들리고 있었다.

그 사실을 가장 먼저 눈치챈 사람은 에르나였다.

"말도 안 돼……, 이건."

"에르나! 무슨 일이 일어난 거야?!"

날뛰는 말에서 내린 나는 에르나에게 물었다.

분명히 무슨 일이 일어나고 있는 건 틀림없는데, 내가 있는 곳
에서는 아무것도 파악할 수가 없다. 에르나 앞에서 마법을 쓸 수
도 없으니까.

지금은 에르나만 믿을 수밖에 없다.

에르나는 말에서 내려서 지면에 귀를 가져다 대고 있었다.

그리고 천천히 일어섰다.

"몬스터 무리가 달려가고 있어……. '해일'이 일어난 거야."

"'해일'……?"

"몬스터가 많은 지역에서 가끔 일어나는 현상인데, 몬스터들의
이동이 겹쳐서 대이동이 되는 거야……. 우리가 동부의 몬스터를
몰아붙여서 몬스터들이 일제히 도망치기 시작한 게 분명해……!"

그렇구나. 그렇게 해석했나?

그게 제일 합리적이고, 설명도 된다.

몬스터를 조종하는 피리 이야기를 꺼내는 것보다 편하겠는데. 아마 카를로스도 그렇게 넘어갈 생각일 테고.

하지만 모험가로서의 의견을 말하자면, 몬스터가 일제히 같은 방향으로 도망치는 건 이상하다. '해일'이 일어나는 건 화산의 분화나 대규모 폭풍 같은 천재지변에 영향을 받는다. 이곳에서 그것과 필적하는 건 에르나 정도밖에 없다. 에르나에게서 도망친다면 이해가 되지만, 발소리는 꽤 가깝다. 에르나를 무시하는 건 너무 부자연스럽다.

"어디로 가고 있는데?"

"이대로 가다가는……, 키르까지 닿을 것 같아…….""

"키르의 수비대가 버틸 수 있을까?"

"힘들 거야……, 근위기사단장은 내일 결과 발표를 준비하기 위해서 제도에서 왕비님 일행을 호위해서 오고 있을 테고, 황제 폐하 곁에는 최소한의 근위기사밖에 없어……. 아무리 생각해도 막을 수는 없을 거야…….""

황제는 도망치면 된다.

그 정도 전력은 확보해 두었을 것이다. 하지만 그래선 의미가 없다.

이 축제는 동부의 불만을 해소하기 위해 개최된 것인데, 해일을 일으킨 데다 황제가 도망친다면 동부의 불만이 더욱 커질 것이다.

최악의 경우에는 반란이 일어난다. 그것까지 예상한 거라면 카를로스를 이용한 녀석은 악질이다.

전쟁이 벌어지면 전공을 세울 수 있다. 에리크든 고든이든, 백성들의 피해를 무시한 책략이다.

제위 쟁탈전에서 이기면 그 녀석들이 황제가 된다. 그렇다면 백성들을 지킬 의무가 있을 텐데…….

"역시 황제로 만들면 안 되는 녀석들인가……."

"아르?"

"……에르나. 키르를 구하라고 하면 구할 수 있어?"

"……물론이지. 황제 폐하와 백성들을 지키는 게 우리 기사들의 역할이니까."

"몬스터가 얼마나 많을지도 몰라. 죽으러 가는 거나 마찬가지일지도 모르는데?"

"죽음을 두려워하진 않아."

"……다들 마찬가지야?"

"물론입니다! 이 목숨을 걸고 지켜내겠습니다!"

"반드시 키르를 구해내겠습니다!"

에르나의 부하들이 저마다 용감하게 말했다.

죽음을 두려워하지 않는다거나, 목숨을 걸겠다거나. 내가 싫어하는 말뿐이다.

그렇게 자기만족에 취한 말 같은 건 듣고 싶지 않다.

"……하나만 맹세해. 에르나. 그 검에."

"어……? 뭘 맹세하라고?"

"살겠다고 맹세해. 다른 사람도 마찬가지야. 절대로 죽지 않겠다고 검에 맹세해. 맹세하지 않는다면 누구도 보내지 않을 거야."

"아르……."

에르나는 깜짝 놀란 듯이 내 이름을 말한 다음, 무릎을 꿇고 검을 땅바닥에 꽂은 뒤에 이마를 칼자루에 가져다 댔다. 그러자 부하들도 따라서 했다. 그리고.

"근위기사 에르나 폰 암스베르그가 검에 맹세합니다. 결코 죽지 않을 것을."

모두가 죽지 않겠다고 맹세했다.

이제 문제는 없을 것이다.

"자, 가자! 아르! 몬스터가 많다는 건 우리도 역전할 수……."

"아니……, 나는 발목만 잡을 거야. 너희들끼리만 가."

나는 그렇게 말한 다음 차고 있던 팔찌를 억지로 풀었다. 풀면 안 된다는 규칙이 있는 팔찌다. 이 시점에서 나는 규칙을 위반한 것으로 실격 처리될 것이다.

"아, 아르……?"

"아, 만지작거리다 보니 빠져버렸네. 어쩔 수 없지. 실수야, 실수. 어쩔 수 없으니까 나는 근처 마을에서 술이라도 마실래."

"어째서……, 아직 만회할 기회가 있었잖아?! 어째서?!"

"난 이미 실격당했어. 신경 쓰지 말고 가. 너희들이 가서 실격당한 게 아니라고. 내가 내 의지로 실격당한 거야. 신경 쓰지 마."

내가 여기에 남는다고 하면서 에르나와 기사들을 보낸다 해도 망설이는 마음이 생길 것이다. 그 망설임을 없애기 위해 나는 재빠르게 망설임의 씨앗을 처분했다.

황제와 백성의 위기 앞에서는 축제 순위 같은 건 부차적인 문제다.

"아르……, 너는……"

"아버님에게도 확실히 말해. 내가 팔찌를 부쉈다고 말이야."

황제가 일심동체라는 말을 한 이상, 기사가 황자를 실격시키는 일이 있어서는 안 된다. 아무리 황자의 명령이라 해도.

이렇게 내가 팔찌를 풀었으니 내 책임이다.

에르나나 기사들을 책망할 이유가 되지는 않는다. 뭐, 키르를 구해내면 그런 건 문제가 되지 않겠지만, 구해내지 못했을 때도 대비해야겠지. 구해내지 못한다면 책임을 떠넘기는 작업이 시작된다. 파고들 여지를 주어서는 안 된다.

그런 것들을 눈치챘는지 에르나는 울음을 터뜨릴 것 같은 표정을 지었다.

다른 기사들도 고개를 숙이고 있었다.

그런 모습을 보이고 있던 나의 기사들에게 말했다.

"기사들에게 명령하겠다."

"……."

"키르에 있는 황제 폐하와 백성들을 구하라. 최악의 경우, 키르를 잃게 되더라도 상관없다. 사람의 목숨을 먼저 구하라."

"전하의 명령……, 받들, 겠습니다."

"그리고 크리스타와 피네도 그곳에 있다. 겁을 먹었을 테니 어떻게든 해줘."

"네……, 부하를 몇 명 보내겠습니다."

분한 마음과 답답한 마음, 슬픈 마음이 뒤섞인 표정으로 에르나가 대답했다.

그건 다른 기사들도 마찬가지였다.

그런 와중에 내 뒤에 세바스가 소리 없이 나타났다.

"전하의 호위는 제가 맡겠습니다. 부디 여러분께서는 신경 쓰지 마시고 가시길."

"세바스……, 어떻게……."

"걱정이 되어서 말이지요. 주로 생활면으로 말입니다. 그러니 제게 맡겨주십시오. 에르나 님."

호위할 필요가 없다고 하자 에르나는 약간 충격을 받은 것 같았다. 지키는 것도 허락하지 않는다고 받아들였을지도 모른다. 그런 건 아니지만 오해를 풀 시간도 없다.

하지만 역시 기사들이었다. 모두가 마음을 다잡고 말을 준비하고 있었다.

그리고 출발할 때. 나는 마지막으로 그들에게 말했다.

"'나의' 기사들아. 부탁하마. 너희들밖에 부탁할 사람이 없구나."

그 말을 들은 순간, 에르나의 눈에 살짝 눈물이 맺혔다.

하지만 에르나는 그것을 떨쳐내려는 듯이 검을 뽑아들고 대답했다.

"근위기사, 에르나 폰 암스베르그가 전하의 소원을 들어드리겠습니다! 이 검과 이름을 걸고 모든 적을 섬멸하여 키르를 구해내겠습니다!"

"그래, 부탁해."

에르나와 기사들은 그렇게 말하고 깜짝 놀랄 정도로 빠르게 달려갔다.

함께 말을 탔을 때도 느꼈지만, 그때는 많이 봐줬던 모양이다.

그들의 모습이 보이지 않게 되었을 무렵.

나는 유일무이한 집사에게 말을 걸었다.

"세바스."

"네."

"준비해. 이제부터는 암약할 시간이야."

"알겠습니다."

항상 입던 검은 로브와 은가면을 낀 나는 실버가 되어 전이마법으로 그곳을 떠났다.

3

"황제 폐하! 피하십시오!"

"나는 도망치지 않는다. 방어 준비를 하거라."

해일이 접근한다는 소식을 들은 황제 요하네스는 그곳에 머무르는 것을 선택했다.

백성을 생각해서——, 그런 것이 아니었다. 그런 개인적인 감정은 황제가 된 시점에서 봉인했다. 지금 도망치면 제국 동부에서 폭동, 또는 반란이 일어날 거라 판단했기 때문이다.

그 때문에 요하네스는 몇 명 안 되는 근위기사를 키르 성벽에 배치하고 수비대 지휘관으로 임명했다. 그리고 자신도 갑주를 두르고 검을 든 채 전선으로 나섰다.

"듣거라! 더 이상 동부 백성들을 고생하게 할 수는 없다! 목숨을 바쳐서라도 사수하라아아!!"

황제가 몸소 나서자 수비대의 사기가 비약적으로 올라갔다.

하지만 그것만으로 계속 밀려드는 몬스터를 상대하기에는 부족했다.

몬스터 무리는 키르 동쪽에서 끊임없이 다가오고 있었고, 성벽 바깥은 눈 깜짝할 새에 몬스터로 가득 찼다. 흥분해서 이성을 잃은 몬스터들은 키르로 돌격했고, 수비대가 요격하기를 계속했다.

요하네스도 검을 들고 몬스터 몇 마리를 베었지만, 중과부적이었다.

수비대의 숫자는 3천. 하지만 몬스터의 숫자는 그 세 배가 넘었다.

막아내지 못하고 쓰러지는 병사들을 보고 요하네스는 혀를 찼다. 분명히 열세다. 도망쳐야 하지만, 도망치면 몬스터가 아닌 적이 생기게 된다.

어떻게 해야 하나, 요하네스가 고민하고 있을 때.

하늘에서 웃음소리가 들렸다.

"아하하하하!! 저거 봐! 형! 황제가 씁쓸한 표정을 짓고 있어!"

"그래, 동생아. 우습구나."

갑작스러운 비난에 요하네스는 하늘을 노려보았다.

그곳에는 남자 두 명이 있었다.

한 사람은 은빛 머리카락을 지닌 소년이었다. 키는 작고, 천진난만하게 웃는 모습이 어린아이 그 자체였다.

다른 한 사람은 금발을 길게 기른 남자. 단정하게 생긴 그 남자는 슬쩍 웃으며 황제를 똑바로 내려다보고 있었다.

두 사람의 공통점은 병에 걸린 것처럼 피부가 하얗고 아름답다는 점이었다.

"웬 놈이냐?"

"나는 샘."

"나는 딘."

황제는 두 사람의 이름을 들어본 적이 있었다.

그리고 그 두 사람의 입에서 특이한 송곳니를 본 황제는 코웃음쳤다.

그것은 대륙에 몇 종류 있는 아인 중 하나. 흡혈귀(뱀파이어) 일족의 특징과 비슷했다.

수명이 길고 강대한 힘을 지닌 흡혈귀는 대륙 일부를 대놓고 지배하고 있으며 소수의 일족만으로 한 나라를 형성하고 있다.

예전에는 몬스터로 분류되어 인간들과 전쟁을 벌였던 종족이다. 하지만 지금은 서로 불가침을 관철하고 있어서 모습을 드러내는 경우가 드물었다.

그런 와중에 인간들에게 널리 알려진 두 사람이 있었다.

"선대 시절 이야기다만……, 한없이 악행을 저지르다 흡혈귀 일족에게 쫓겨나고 모험가 길드에서 현상수배한 2인조 흡혈귀가 있었지. 이름이 네놈들과 같은 샘과 딘이었을 게다. 2인 1조로 S급 몬스터 취급을 받는 흡혈귀. 네놈들이 그 녀석들인가?"

"맞아. 그게 우리지!"

"모험가 길드는 우리를 하등한 몬스터와 한데 묶어서 취급했지. 용납할 수 없는 모욕이야. 우리는 그 모욕을 잊지 않았어. 물론 그걸 뒷받침한 자들에 대한 원한도."

"호오? 꽤나 느긋한 복수로군. 선대는 이미 이 세상에 없다. 그 대신 내게 복수할 셈인가?"

"물론이지! 인간은 허약하고 너무 쉽게 죽어버린다고!"

"개인에 대한 복수는 포기했다. 네놈들과 우리는 살아가는 시간이 다르니까. 그러니 자손과 소유물에 복수하도록 하지."

제국 전체를 복수 대상으로 삼겠다는 말을 들은 요하네스는 혀를 찼다. 평소였다면 맞받아쳤겠지만, 현재 상황을 고려하면 해일을 발생시킨 것이 두 사람이라는 게 거의 확실했기 때문이다.

이 해일에 대처하는 것만으로도 벅찬데, 둘이서 S급 몬스터와 동격으로 인정받은 흡혈귀가 나타나니 요하네스도 어찌할 방법이 없었다.

자랑스러운 근위기사만 있었어도.

요하네스는 그렇게 생각했지만, 그렇게 자랑스럽던 근위기사들은 아이들에게 넘어가 있었다.

키르에서도 멀리 떨어져 있어서 곧바로 대처하더라도 돌아올 수 있는 건 소수에 불과하다.

"자, 황제라고 하면서 잘난 척하는 것도 얼마 안 남았어. 그 피를 다 빨아서 미라로 만든 다음 제도에 던져줄게!"

"흥! 할 수 있다면 해보거라! 나를 죽여봤자 제국은 죽지 않는다! 우리 제국의 정예들이 반드시 네놈들을 죽일 것이야! 그게 두렵지 않다면 덤비거라!"

"그 마음가짐만은 인정해 주지. 하지만 아무리 짖어봤자 열세라는 사실은 변함이 없어."

딘은 그렇게 말하고 오른손을 높게 들었다.

그 오른손에는 마력이 모여들었고, 검은 구체가 떠올랐다. 인간이 사용하는 마법과는 다르다. 막대한 마력을 지닌 흡혈귀만 사용할 수 있는 순수한 마력 공격이다.

"우리를 적으로 만든 것을 후회하며 죽어라!!"

마력 덩어리가 요하네스를 향해 날아들었다.

잔혹한 미소를 짓고 있던 딘은 승리를 확신했지만, 그 미소는 곧바로 차갑게 변했다.

딘이 던진 마력 덩어리가 요하네스에게 맞기 전에 두 동강 났기 때문이다.

"——무사하십니까, 황제 폐하."

"오오……, 에르나. 잘 와주었다. 아르노르트를 호위하지 않아도 되는 것이냐?"

"……용서해 주십시오. 일심동체라는 명령을 지키지 못하였습니다……."

침울한 에르나의 표정을 보고 요하네스는 사정을 대충 짐작했다.

아르노르트와 함께 달려왔다면, 에르나는 절대로 제때 맞춰서 오지 못했을 것이기 때문이다.

하지만 그런 에르나에게 요하네스가 웃으며 말했다.

"황자가 성장한 모습을 보니 기분이 좋구나. 네 덕분이다, 에르나."

"폐하……, 저는……."

"아르노르트가 너를 보내주었다. 너는 그런 아르노르트의 마음에 부응하기 위해 제때 맞춰서 와주었다. 나는 기쁘구나. 이왕 이렇게 되었으니 네가 성장한 모습도 보여줄 수 있겠느냐?"

요하네스가 묻자 에르나는 고개를 크게 끄덕였다.

그리고 두 흡혈귀를 똑바로 바라본 다음, 검을 겨누었다.

"분부 받들겠습니다, 폐하. 암스베르그의 검을 보여드리지요!"

"흥이다! 한 명 늘어났다고 어쨌다는 건데! 난 알아~. 무능한 찌꺼기 황자를 따라간 기사잖아! 너! 황자가 무능해서 멀리 못갔구나~. 아~ 진짜 싫다. 무능한 녀석이 형의 책략을 더럽히다니."

"방심하지 마, 샘. 암스베르그는 용사의 가문이다. 인간의 규격을 뛰어넘었지. 저 여자만은 인간이라고 생각하지 마라."

딘이 그렇게 경고했지만, 샘은 여전히 방심하고 있었다.

하지만 에르나의 눈을 본 순간, 샘은 단숨에 임전태세를 갖추었다.

"으윽?!"

지금까지 느껴보지도 못한 살기 때문에 샘의 몸에서 식은땀이 줄줄 흐르고 있었다.

샘은 마력으로 만들어낸 낫을 겨누며 에르나에게서 거리를 약간 벌렸다. 그것은 완전히 후퇴였지만, 샘은 눈치채지 못했다.

한편, 샘에게 강렬한 살기를 쏟아낸 에르나는 천천히 공중으로 올라갔다.

뛰어난 마도사에게 하늘을 나는 마법은 그리 어렵지 않다. 하지만 자유자재로 하늘을 날아다니며 싸울 수 있는 사람은 별로 없다. 그러나 에르나는 마도사가 아니지만 그 영역에 도달해 있었다.

암스베르그 가문의 신동은 전투에 필요한 기능을 하나도 빠짐없이 지니고 있었던 것이다.

그리고 샘은 그런 암스베르그 가문의 신동의 지뢰를 밟아버렸다.

"너는 내가 제일 싫어하는 말을 했어……. 용케도 내 앞에서 그 말을 했겠다!! 만 번 죽어 마땅해. 각오하라고!"

"윽! 인간 주제에, 얕보지 말라고!!"

다음 순간, 샘이 낫을 들고 에르나에게 덤벼들었다.

하지만 에르나는 샘의 낫을 슬쩍 피한 다음, 샘에게 일격을 가했다.

샘은 겨우 낫으로 그 일격을 받아냈지만, 예상했던 것보다 강한 일격에 겁먹은 모습을 보이며 형을 보았다.

"역시 암스베르그 가문의 신동. 이 시대의 용사라 불릴 만도 하군. 하지만 우리 흡혈귀에게 맞선 것을 후회하게 해주마!"

딘도 그렇게 말하며 에르나를 상대하기 시작했다.

키르 상공에서 세 사람이 거세게 맞부딪혔다.

그 아래에서는 황제가 소리를 지르며 수비대를 격려하고 있었다. 에르나의 부하인 제3기사대 기사들이 가세함으로써 조금이나마 기세가 붙었지만, 여전히 몬스터가 줄어들 낌새는 보이지 않았다.

원군을 더 기대해야만 하는 상황에서 황자 한 명이 모습을 드러냈다.

"아버님! 카를로스가 왔습니다!! 카를로스가 왔습니다!!"

제5황자 카를로스. 23세.

갈색 머리의 미남이고 성격이 부드럽다는 것으로 유명한 황자다. 하지만 꿈에 빠져 사는 경향이 있고, 이야기로 전해져 내려오는 영웅들처럼 전장에서 화려하게 활약하는 것을 동경하고 있다.

그런 카를로스에게 황제와 백성들의 위기에 기사들과 함께 나타나는 것은 자신이 이상으로 품고 있던 전개였다.

많은 사람들이 원군으로 나타난 자신을 주목하고 환희한다. 그 사실에 기뻐하며 카를로스는 선두에서 달려갔다.

"전하! 물러나십시오! 위험합니다!"

"괜찮다! 지금 나는 영웅이니까!"

그 말은 지금 같은 상황에 취해서 한 말이긴 했지만, 근거도 있었다.

얼마 전에 카를로스는 어떤 사람의 중개를 통해 샘과 딘을 만났다. 그리고 샘과 딘이 소동을 일으키면 카를로스가 그것을 해결하는 계획을 세웠다. 보수는 카를로스가 황제가 되면 모험가 길드에 샘과 딘의 현상금을 해제하라고 압박을 가하는 것이었다.

카를로스는 샘과 딘이 자신에게 협력하는 이유를 이해하고 있었다. 모험가 길드에서 현상금을 해제하는 경우는 거의 없다. 하지만 제국 황제라면 그게 가능하다. 모험가 길드라고 해도 제국 황제의 의지를 무시할 수는 없기 때문이다.

그래서 카를로스는 믿고 있었다. 자신이 등장한 것과 동시에 샘과 딘이 후퇴할 것이라고.

그리고 남은 몬스터를 소탕하고 모든 국민들이 황태자가 된 자신을 영웅으로 우러러보는 꿈을 꾸던 와중에.

카를로스는 샘이 날린 마력탄을 맞고 멀리 날아갔다.

"진짜로 오다니, 바보구나? 저 황자도."

"잔챙이는 신경 쓰지 마라. 눈앞에 집중해! 온다!"

두 사람은 카를로스를 거들떠보지도 않았다.

애초에 대등한 거래 상대로 보지 않았기 때문이다.

두 사람은 그저 카를로스를 이용했을 뿐이다. 마찬가지로 카를로스도 두 사람을 이용할 생각이었다면 그렇게 간단히 당하진 않았겠지만, 카를로스는 어설프고 세상 물정을 모르는 성격이었기 때문에 두 사람을 믿어버렸다.

카를로스는 그 사실을 후회할 틈도 없이 온몸을 강하게 부딪힌 뒤 의식을 잃었다.

기사 중 한 명이 겨우 날아간 카를로스를 받아냈지만, 목숨이 위험할 정도로 중상이었다.

하지만 카를로스와 함께 온 기사들은 그런 카를로스의 모습을 보고 분노하며 맹렬하게 몬스터들에게 돌격했다.

꼴사납기는 하지만 제일 먼저 당한 것만은 카를로스의 전공이라 할 수 있을 것이다.

그리고 그렇게 카를로스의 기사들이 번 시간이 조금씩 정세를 바꾸어 가고 있었다.

4

내가 전이한 곳은 레오의 곁이었다.

하지만 개인을 대상으로 삼은 전이는 어설프기 때문에 정확하게 날아갈 수는 없다.

어느 정도 엇나간 곳으로 날아온 나는 하늘로 올라가 모래 먼지를 피우고 있는 무리를 쫓아갔다.

이 타이밍에 이미 달려가고 있을 줄이야. 역시 레오라고 해야 하나.

목표는 키르. 기사들과 함께 온 힘을 다해 달려가고 있다.

나는 레오 일행이 나아가고 있던 방향에 착지한 다음, 레오가 오기를 기다렸다.

잠시 후 레오가 나를 눈치채고 말을 멈췄다.

"⋯⋯실버인가?"

"그렇고말고. 처음 뵙겠소. 레오나르트 황자 전하."

"느긋하게 인사를 하고 있을 시간이 없거든. 지금 같은 상황에서 온 걸 보니 원군으로 왔다고 생각해도 될까?"

"그래, 그럴 생각이야. 하지만 이대로 나아가는 건 그만두는 게 좋을걸."

"무슨 뜻이지?"

레오는 그답지 않게 화가 난 듯한 말투로 물었다.

해일이 발생한 이상, 1초라도 빠르게 키르로 달려가고 싶은 모양이다. 그렇기 때문에 내가 여기에 모습을 드러낸 것이다.

그런 상태로 레오가 얼마 안 되는 기사를 이끌고 몬스터 무리에게 돌진하게 내버려 둘 수는 없었기 때문이다.

"엄청난 몬스터 무리가 키르를 습격하는 상황이니 아무리 근위기사라고 해도 이 정도 인원으로는 계란으로 바위치기다."

"그런 건 가 봐야 알지! 구할 수 있는 목숨이 하나라도 있을지도 모르잖아!"

"훌륭한 마음가짐이긴 하지만, 마음으로 사람을 구할 수 있다면 고생할 사람은 없어. 주위에 있는 기사들은 이해하고 있겠지?"

레오는 자신의 기사들을 둘러보았다.

심각한 표정을 짓고 있는 그들을 보고 레오는 약간 동요한 듯한 모습을 보였다.

나는 그런 레오에게 다시 말했다.

"해일이 발생한 이상, 막으려면 군대가 필요하다."

"그런 군대가 어디 있는데……? 막을 수 없다고 해서 손가락만 빨면서 보고 있으라고? 키르에는 아버지와 여동생, 지켜야만 하는 백성이 있어! 그 사람들을 저버린다면 나는 나 자신을 용서할 수 없을 거야!"

"에휴……, 저버리라고 한 적은 없다. 그저 전력을 갖추고 나서 가야 한다고 말했을 뿐이야."

"……?"

열변을 토하던 레오도 내가 돌려서 말하자 점점 진정이 되는 것 같았다.

그제야 나는 본론을 꺼냈다.

"레오나르트 황자, 동부에 있는 기사는 당신 주위에 있는 근위 기사뿐만이 아니야."

"……주위에 있는 영주의 기사들을 쓰라고?"

"그런 바보 같은 제안을 하다니! 영주의 기사들을 쓰다니, 아무리 황자라 해도 완전히 월권행위에 해당된다! 백 보 양보해서 그런 문제가 없다 하더라도 상황을 파악하지 못한 기사들을 동원하다가는 며칠이 걸릴지 모른다고!"

근위기사대장이 짜증난다는 듯이 말했다.

비현실적인 제안이라 생각했을 것이다. 그야 그렇겠지. 이동하는 데도 시간이 걸리니까.

기사들을 모은다는 건 비현실적이다. 하지만 나라면 그 비현실을 현실로 만들 수 있다.

"방법은 내게 맡겨라. 문제는 황자에게 그럴 의지가 있냐는 거지. 전부 끝난 다음에 질책을 당할지도 모른다. 그 가능성을 받아들일 수 있나? 가족이나 백성들을 구하고 싶다는 말이 얼마나 진심이었지?"

"……구할 수만 있다면 황족 지위 같은 건 흥미가 없어. 내 이름으로 기사들을 동원하는 것에 이의는 없다. 방법을 설명해 줘."

"전하?!"

"긴급사태야. 그리고 황제 폐하를 지키기 위해 행동하는 거라면 얼마든지 해명할 수 있지. 문제 없어. 자, 실버. 방법을 가르쳐 줘."

"……그 결심에 경의를 표하마, 훌륭해. 방법은 간단하다. 내가 전이마법으로 키르 근처 언덕에 전이문을 열겠다. 그 문을 통해 연설을 해라. 상황을 알지 못하고 있는 기사들을 전이문으로 유도하는 거야."

그것은 터무니없는 방법이었다.

황자라는 사실을 증명할 만한 것을 아무것도 보여주지 않고 목소리만으로 혼란스러워하는 기사들에게 수상쩍어 보이는 마법 안으로 들어오라고 하는 것이다.

그들의 직속 주인은 영주다. 만에 하나 영주가 가지 말라고 하면 끝장이다.

완전히 레오의 연설에 달려있다는 뜻이다.

만약 기사가 별로 모이지 않는다면, 나는 귀중한 시간과 마력을 낭비하게 된다.

하지만 그럴 만한 가치는 있다. 축제는 아직도 계속 이어지고 있다.

1위인 카를로스는 아마 실격당하게 될 것이고, 2위인 나도 실격이다. 3위는 고든과 레오다. 지금 기사들을 이끌고 몬스터를 해치우면 아마 레오가 우승하게 될 것이고, 기사들을 대규모로 투입하면 지금처럼 혼란스러운 사태를 단숨에 해결할 수 있다.

유일한 걱정거리는 키르가 버텨줄지 여부인데, 그걸 위해 에르나를 보냈다. 문제없을 것이다. 에르나가 어떻게 해볼 수 없는 상황이라면 더더욱 레오가 적은 인원수로 돌격하게 내버려 둘 수 없기도 하고.

"어떻게 할 건가? 자신이 없나?"

"그래……, 자신은 없어. 하지만 하겠어. 아마 형이라면 시험해 보라고 할 테니까."

"찌꺼기 황자가 그런 말을 할 것 같진 않다만."

"너는 몰라서 그래. 우리 형은 여차할 때 결단력이 엄청나거든. 지금도 누구보다 빠르게 결단을 내렸을 거야."

레오의 평가를 듣고 나는 가면 속에서 눈을 동그랗게 떴다.

설마 그렇게까지 높게 평가해주고 있었을 줄이야.

기분이 나쁘진 않은데.

"그런가……, 그럼 해보도록 해라."

그렇게 말하고 두 손을 마주쳤다. 사용한 것은 개인용 전이마법이 아니었다. 구멍을 만들어내 다수를 이동시킬 수 있는 마법이다.

잠시 후 언덕으로 이어지는 구멍이 생겨났다. 열 명 정도는 한꺼번에 지나갈 수 있을 정도 크기다.

불안정하게 왜곡된 그 구멍은 들어가고 싶은 생각이 전혀 들지 않게 생겼다. 우선 내가 그곳을 지나갔다.

그리고 레오도 망설임 없이 따라 들어왔다.

한순간 시야가 일그러졌지만, 곧바로 키르 근처에 있는 언덕에 서 있었다.

"이게 전이마법인가……."

"지금부터가 시작이다."

나는 자신을 타이르는 듯이 그렇게 말하고는 키르 주변에 있는 주요 도시 일곱 곳에 똑같은 구멍을 만들어냈다.

이제 레오의 연설에 달려있다.

"확성 마법을 사용했다. 시작해라."

"……이 목소리를 듣고 있는 동부의 기사들이여. 부디 귀를 기울여다오. 나는 레오나르트 렉스 아드라. 제국의 제8황사다."

레오는 천천히 말하기 시작했다.

실패가 용납되지 않는다는 사실을 알고 있기 때문일 것이다. 말을 빠르게 늘어놓지도 않고, 일단 사람들이 듣게 만드는 데 집중하고 있다.

침착하다. 이거 성공할지도 모르겠는데.

"현재, 동부에서는 해일이 발생하였고, 키르가 그 통과지점이 되어 위험한 상황에 처했다. 나는 지금 그곳으로 함께 갈 기사들을 원하고 있다. 목소리가 들린다면 부디 근처에 생겨난 전이마법 구멍을 지나 내 곁으로 와주었으면 한다. 영주의 판단을 확인할 필요는 없다. 개인의 판단으로 참전해 주었으면 한다. 모든 책임은 내가 지겠다."

연설이 끝나나 싶었는데, 레오는 숨을 크게 들이마시고는 허리에 차고 있던 검을 뽑아들었다.

그리고 지금까지 말했던 것보다 훨씬 크고 패기로 가득찬 목소리로 말했다.

"키르의 백성들을 지킨다!! 뜻이 있는 기사들이여! 용기가 있는 기사들이여! 내로라하는 자들은 나의 곁에 모이거라!! 제군들의 결단을 기대하마!"

그렇게 마무리한 레오는 마치 전장으로 향하는 아버님 같았다.

근처에 있던 근위기사들도 그렇게 느끼고 있었던 모양이다. 깜짝 놀란 듯이 레오를 바라보고 있었다.

하지만 레오만은 굳은 표정으로 구멍을 바라보고 있었다.

곧바로 나오는 사람은 아무도 없었다.

역시 실패인가? 그렇게 생각했을 때. 한 구멍에서 청년 한 명이 나타났다.

인생에서 처음 경험한 전이로 깜짝 놀라던 청년은 레오를 보고 급하게 말에서 내려 고개를 숙였다.

"헥센의 기사! 한스라고 합니다! 레오나르트 전하 곁으로 달려왔습니다!"

"잘 와주었다, 한스. 고맙구나."

"아뇨! 감사하다는 말씀을 드려야하는 건 접니다! 레오나르트 전하께서 마을을 위로차 방문하셨다고 들었을 때부터 당신 밑에서 싸우고 싶다고 생각했습니다!! 그렇게 생각한 기사는 저뿐만이 아닙니다! 차례차례 모여들고 있습니다! 잠시만 기다리시길!"

사람들을 자연스럽게 끌어들이고 모아버리는 사람을 카리스마라고 한다.

그 정의로 따지면 지금 레오는 그야말로 카리스마였다.

기사들이 차례차례 구멍을 통해 모여들었다.

게다가.

"우름의 영주, 폴카라고 합니다! 기사 500명과 함께 전하 곁으로 달려왔습니다!"

말을 타고 나타난 사람은 척 보기에도 노인이었다.

이미 예순 살은 넘었을 것이다. 덩치가 좋긴 하지만, 머리가 하얗게 센 걸 보니 괜찮을까 하는 생각이 들었나.

"폴카, 참전해준 건 고맙다만, 괜찮은가?"

"제게는 뜻이 있고, 용기가 있습니다! 혹여 마음에 들지 않으시는지요!"

"……아니, 괜찮다면 됐네. 달려와 줘서 고마워. 내 곁에서 함께 돌격해 줬으면 하는데. 부탁하네."

폴카의 강한 눈빛을 보고 레오는 웃으며 그렇게 말했다.

한순간, 내쫓기는 게 아닐까 하고 각오한 모양이었다. 폴카는 깜짝 놀란 듯이 눈을 크게 뜬 다음 바로 큰 목소리로 대답했다.

"하, 하하핫! 제 무용을 확실하게 보여드리겠습니다!"

"기대하도록 하지."

이렇게 차례차례 모여든 동부의 기사들은 3천 명이 넘었다. 오합지졸이라고 할 수도 있겠지만, 누군가가 시켜서 참전한 것이 아니라 본인들의 의지로 참전했기에 사기는 무시무시할 정도로 높았다.

그 모습을 보니 나도 안심이 되었다.

이 정도라면 문제가 없겠지.

"실버, 협력해 줘서 고맙다."

"나는 모험가로서 백성들을 위해 행동했을 뿐이다. 그리고 고맙다는 인사를 하긴 아직 이르다고. 인사는 키르를 구해낸 다음에 받도록 하지. 그럼 나는 먼저 가 있으마."

나는 그렇게 말하고 키르를 향해 전이했다.

그리고 전이한 곳 하늘에서 터무니없는 광경을 보았다.

5

"무서워……!"

"괜찮아요. 황녀 전하. 금방 기사분들이 와주실 테니까요."

저택 안에서 크리스타를 달래주고 있던 피네는 자상하게 그녀의 머리카락을 쓰다듬어 주었다.

그런 피네에게 시녀들이 곤란해하는 표정으로 다가왔다.

"피, 피네 님……, 저기……."

"무슨 일이시죠?"

"그게……, 영지 주민들이 많이 몰려와서 저택으로 들어오고 싶다고……."

황제의 명령에 따라 영지의 주민들은 집이나 여관 밖으로 나오는 게 금지되어 있었다.

하지만 근처에서 전투가 벌어지자 불안한 마음에 안전할 것 같은 저택으로 들어오려 하는 모양이었다.

피네는 그 사람들을 책망하려 하지 않았다.

"영주님의 사모님은요?"

"판단을 하기 힘드니 크리스타 황녀 전하와 피네 님께 맡기겠다고……."

"그런가요……, 전하, 어떻게 하고 싶으신가요……."

"……모르겠어, ……그런데, 무서워……."

크리스타는 불안해하며 피네의 옷을 꼬옥 잡았다.

피네는 그녀의 자그마한 손을 맞잡고 달래려는 듯이 대답했다.

영주는 황제와 함께 싸우고 있다. 영주의 부인이 결정을 맡긴 이상, 크리스타의 의견이 우선시 되기 때문이다.

"그렇군요……. 그럼 똑같이 무서워하는 사람들을 저버리실 건가요?"

"그러면……, 안 돼……."

"어째서죠?"

"……오라버님이 화낼 거야."

"네, 그렇죠. 그럼 노인, 어린아이, 환자를 우선적으로 저택에 받아들이죠. 시끄러워질 텐데, 상관없으신가요?"

"괜찮아……."

"잠시 자리를 비울게요. 그래도 상관없으신가요? 다들 불안해하거든요. 안심시켜야죠."

"……응……."

크리스타의 얼굴에는 싫다는 기색이 드러나 있었지만, 피네는 웃으며 그녀를 의자에 앉히고 그 자리를 시녀에게 맡겼다.

그리고 저택 입구로 향했다.

그곳에서는 경비를 맡기 위해 남아 있던 병사 몇 명이 검을 뽑아들고 백성들에게 겨누고 있었다.

"어서 집으로 돌아가라! 폐하의 명령을 따르지 못할까?!"

"부탁할게! 들여보내 줘!"

"이 녀석이!"

"그만두세요!"

당장에라도 충돌이 벌어질 것 같은 상태에서 피네는 병사들에게 소리쳤다.

피네도 입장은 공작의 딸에 불과하지만, 창구희로서 지명도가 있고, 황제가 직접 황족과 대등한 대우를 해주고 있었다.

이곳에서는 황족급 발언력이 있는 것이다. 그 때문에 병사들은 곧바로 검을 두고 피네에게 무릎을 꿇었다.

"피, 피네 님……."

"검을 뽑을 상대는 백성들이 아니에요. 그렇죠?"

"네, 맞는 말씀이십니다. 제가 경솔했습니다……."

병사가 한 말을 듣고 만족한 피네는 문앞에 몰려든 백성들을 보았다.

그들의 숫자는 1, 2백 명이 훨씬 넘었다.

평민도 있고, 여행하러 온 귀족, 상인들의 모습도 보였다. 모두가 불안한 표정을 짓고 있었다.

"저는 피네 폰 크라이네르트. 창구희라고 말씀드리는 게 더 알아듣기 쉬우실지도 모르겠네요."

피네는 그렇게 말하며 푸른 갈매기 머리장식을 손가락으로 가리켰다.

그것은 황제가 선물한 절세미녀라는 증거.

황제가 딸처럼 총애하는 공작의 딸이라는 사실을 이해한 백성들은 일제히 무릎을 꿇었다.

그런데 그런 와중에 백성들을 제치고 앞으로 나온 청년들이 있었다.

"오오! 피네 양! 접니다! 기드입니다!"

그 목소리는 피네가 가장 듣고 싶지 않았던 목소리였다.

아르노르트를 때린다는, 피네가 절대로 그냥 넘어갈 수 없는 행동을 한 아르노르트의 소꿉친구. 기드 폰 호르츠바트와 부하들이 피네를 보고 미소를 짓고 있었다.

백성들을 제치고 자신들이 들어갈 수 있다고 믿어 의심치 않는 거만함. 싸우러 가지도 않고 그저 안전한 곳에서 잘난 척하는 모습.

피네는 그 모습을 보고 자신의 몸속에 흐르고 있는 귀족의 피가 더럽혀졌다는 생각이 들었다.

아버지를 보고 그런 생각이 든 적은 없다. 한심한 오빠조차 위기에 처했을 때 자기 혼자 살겠다고 행동하지는 않는다. 그런 짓을 하면 귀족의 의미가 없기 때문이다.

귀한 대접을 받는 건 그에 맞는 행동을 하기 때문이다.

그래서 피네는 기드를 무시했다.

"저택에는 어린아이와 노인, 그리고 환자를 우선적으로 받아들이겠습니다. 건강하신 분들께서는 최대한 큰 건물에 모여서 입구를 막아주세요. 해일은 몬스터의 대이동이지 인간의 목숨을 노리는 게 아닙니다. 만에 하나, 이 키르에 몬스터가 침입한다 하더라도 시간만 벌면 어떻게든 해결할 수 있습니다. 이해하셨다면 문을 열겠어요."

"피, 피네 양? 접니다! 기드입니다! 잊으셨나요?"

"기억하고 있어요. 호르츠바트 공작 가문의 기드 님."

"아, 다행이다. 그럼 들여보내 주실 건가요?"

당연하다는 듯이 그렇게 말하는 태도를 보니 피네도 화가 났다.

아르노르트를 생각하면 지금 기드를 받아들이는 게 나을 것이다. 대립해 봤자 의미가 없다.

하지만 피네는 그러지 않았다. 그게 아르노르트의 생각과 맞지 않을 거라 생각했기 때문이다.

그렇기에.

"창피한 줄 아세요!! 황제 폐하와 함께 싸우지도 않고 자기 혼자만 안전한 곳에 있으려 하는 모습을 스스로 돌아보시라고요! 유서 깊은 호르츠바트 공작 가문을 만드신 선조분들께 죄송하지도 않으신가요?!"

"뭐……?! 이게! 내가 누군 줄 알고!"

"누구든 상관없습니다. 저택에서 받아들일 사람은 어린아이와 노인, 환자입니다. 나머지 분들은 다른 곳으로 가주세요. 이건 크리스타 황녀 전하께서 결정하신 겁니다. 더 이상 쓸데없이 시간을 낭비하실 거라면 나중에 황제 폐하께 직접 호소하시죠. 하지만 그때 벌을 받을 사람이 누구인지 저는 불을 보듯 뻔하다고 생각하는데요!"

"크윽……! 까불지 말라고! 레오나르트가 뒤에 있다고 말이야! 두고 보자! 절대로 용서 못해!"

기드는 그렇게 말하고 부하들과 함께 떠나갔다.

떠나가는 기드 일행을 바라보던 피네는 크게 한숨을 쉰 다음 부드러운 미소를 지으며 문을 열라고 명령했다.

그런 피네의 모습을 본 백성들은 누가 시키지도 않았는데도 서로 이야기를 주고받으며 어린아이와 노인, 환자만 저택 안으로 들여보냈고, 나머지는 다른 곳으로 떠나갔다.

우선적으로 백성들을 받아들인 다음, 피네는 저택 안에 있던 하인들에게 명령해서 저택 입구를 가구로 막았다.

"최대한 엄중하게 봉쇄해 주세요! 몬스터가 오면 모두 함께 막도록 하죠! 포기하고 다른 곳으로 진로를 변경할 수만 있다면 되는 거예요!"

"네! 피네 님!"

"피네 님! 크리스타 황녀 전하께서 부르십니다!"

"바로 가겠어요. 여러분, 두려워하지 않으셔도 돼요. 반드시 기사분들께서 오실 테니까요."

저택 안으로 들어온 백성들에게 그렇게 말한 피네는 최대한 밝게 행동했다.

적어도 자신만큼은 미소를 지어야 한다고 생각했기 때문이다.

실제로 그 정도밖에 할 수 있는 게 없었다.

피네도 공작 가문의 딸로서 마법을 배우긴 했지만, 회복 마법이 아닌 전투에서 쓸 만한 마법은 전혀 쓰지 못했다.

에르나처럼 화려하게 싸울 수는 없다.

그 사실을 답답하게 느끼고 있긴 했다. 도움이 되겠다고 하면서 영지를 떠났는데도 아르노르트에게 도움이 된 적이 한 번도 없었기 때문이다.

그런 피네에게 크리스타의 곁에 있어주는 것은 아르노르트가 처음으로 부탁한 일이다. 그렇기 때문에 무슨 일이 있더라도 떠나지 않겠다고 생각했는데.

"피리를 갖고 와야 해! 안 그러면 몬스터가 잔뜩 와버릴 거야!!"

울면서 그렇게 소리치는 크리스타를 보고 피네는 어떤 생각이 떠올랐다.

문 너머에서 들어버린 아르노르트와 크리스타의 대화.

크리스타는 키르가 몬스터에게 포위당할 거라고 말했다. 실제로 그대로 되었다.

아르노르트도 그 이야기를 진지하게 들은 이상, 피네는 무언가 근거가 있을 거라고 판단했다. 그래서 피네는 크리스타를 꽉 끌어안았다.

"황녀 전하. 괜찮아요. 피리를 찾고 계시는 거면 피네가 가지고 올게요. 가르쳐 주실 수 있나요?"

"안 돼……, 죽어버릴 거야……."

"괜찮아요. 저는 운이 좋은 여자니까요. 그리고 위험해지면 아르 님께서 구해주실 거예요."

"……정말로?"

"네, 정말이고말고요. 그러니 가르쳐 주세요. 피리는 어디에 있나요?"

"시계탑에 떨어지는 게 보였어……, 그게 원인일 거야……."

"알겠습니다. 그럼 제가 가지고 올게요."

피네는 그렇게 말한 다음 시녀가 말리는 것도 듣지 않고 마을 가운데에 있는 가장 높은 건물인 시계탑으로 향했다.

■ ■ ■

키르에 있는 시계탑은 다른 도시의 시계탑과는 스케일이 다르다.

수십 미터나 되는 그 시계탑은 키르의 관광명소이자 귀중한 관광자원이었다.

피네는 숨을 헐떡이며 그런 시계탑을 올라갔다.

한편, 하늘 위에서는 에르나가 샘, 딘과 팽팽한 접전을 벌이고 있었다.

"치잇! 짜증나네!"

딘은 정공법으로 에르나를 물리치는 것을 단념했다. 둘이서 덤비면 쓰러뜨리지 못할 정도까지는 아니었지만, 시간이 너무 오래 걸린다.

결국 꼼수를 사용하기로 결심한 것이다.

딘이 꺼낸 것은 몬스터를 조종하는 마적(魔笛), '하멜른'. 이것으로 몬스터를 늘리면 기사인 에르나는 황제를 호위하러 갈 수밖에 없게 된다.

그렇게 되면 딘과 샘은 구경만 해도 상관없다.

키르에 몬스터를 더 많이 불러모으기 위해 딘이 하멜른에 입을 가져다 댔지만, 에르나는 직감적으로 그것이 위험하다고 느끼고 딘을 향해 공격했다.

"그렇게 두진 않겠어!"

"크윽?!"

딘은 재빨리 피했지만, 하멜른은 딘의 손에서 떨어져 키르 거리로 낙하하기 시작했다.

그것을 본 딘은 급하게 쫓아갔다.

"큰일이다!"

"기다려!"

피리는 딘의 것이 아니다. 딘과 샘의 협력자가 딘에게 넘긴 것이다. 딘과 샘은 그것을 사용하고 카를로스까지 끌어들여 이번 계획을 생각해냈다.

하지만 딘과 샘의 협력자는 반드시 처분하라고 했다. 그것이 협력자와의 약속이었다.

협력자의 도움이 없다면 만에 하나 여기서 살아남는다 하더라도 도망치기는 힘들다. 피리를 확실하게 처분하는 것은 딘과 샘의 목숨과 직접적으로 이어져 있는 것이다.

그렇기 때문에 딘은 필사적으로 쫓아갔다. 그런 딘의 모습을 보고 에르나도 범상치 않은 느낌이 들어 그 피리를 쫓아있다.

두 사람은 공중에서 몇 번이고 격돌했고, 그동안 피리는 계속 떨어지고 있었다.

그리고 시계탑 근처에 떨어졌을 때, 그곳에서 뻗어나온 하얀 손이 피리를 받아냈다.

"으윽?!"

기세 때문에 떨어질 뻔한 피네는 겨우 시계탑 안에서 멈추는 데 성공했다.

그리고 피리를 잡아내서 한숨을 쉬었지만, 곧바로 에르나의 날카로운 목소리가 날아들었다.

"도망쳐! 피네!!"

깜짝 놀라 고개를 들었을 때, 딘이 날린 마력 덩어리가 시계탑 위쪽에 제대로 맞았다.

그로 인해 피네는 발판을 잃고 곧바로 떨어지기 시작했다.

하지만 피네는 그 사실을 무시했다.

처음부터 위험하다는 건 각오하고 있었다. 그렇기 때문에 피네는 자기 쪽으로 다가오는 에르나를 향해 피리를 던졌다. 그리고 에르나가 그 피리를 깜짝 놀라며 받아드는 모습을 보고 웃었다.

"아……, 도움이 되었어."

"이 계집이!!"

화가 머리 끝까지 난 딘은 떨어지고 있던 피네에게 마력 덩어리를 내던졌다.

피네는 다가오는 마력 덩어리를 공중에서 피할 방법이 없었다.

"피네에에에에에?!"

에르나의 목소리가 메아리쳤다.

피네는 마음속으로 아르노르트를 에르나에게 맡기며 살며시 눈을 감았다.

눈을 감은 순간. 하늘 안쪽에서 무언가가 빛난 것 같았지만, 피네에게 그걸 신경 쓸 여유는 없었다.

오히려 느낀 것은 따스함이었다.

조심조심 눈을 떠보니 피네는 은가면을 쓴 모험가에게 안겨 있었다.

피네는 깜짝 놀라 말문을 잃었다. 아르노르트가 구하러 오겠다고 크리스타에게 말한 것은 크리스타를 안심시키기 위해서였다. 설마 진짜로 구하러 와줄 줄은 상상하지도 못했다.

그런 와중에 피네와 마찬가지로 깜짝 놀란 사람이 있었다.

딘이다.

"네놈……, 내 마력탄을 없애버리다니, 정체가 뭐지……? 이름을 대라!!"

"……모험가 길드 제도 지부 소속, SS급 모험가 실버……, 네놈들을 토벌하러 왔다."

특이한 은가면과 검은 로브.

제국 사상 최강이라 불리는 모험가가 그 자리에 모습을 드러낸 것이다.

6

하늘 위로 전이한 내가 본 것은 에르나가 흡혈귀로 보이는 두 사람과 교전을 벌이는 광경이었다.

솔직히 말해서 그 정도로는 놀랍지 않았다.

내가 놀란 것은 그렇게 전투를 벌이고 있는 곳 근처에 피네가 있었기 때문이다.

시계탑에 올라간 피네는 위쪽을 계속 살펴보고 있었다.

그리고 에르나가 흡혈귀 중 한 사람으로부터 피리를 쳐낸 것을 보고 있는 힘껏 팔을 뻗어 잡아냈다.

그 모습을 보았을 때, 나는 이미 움직이고 있었다.

최대 속도로 하강한다. 걸 수 있는 모든 마법을 걸어 마치 유성과도 같이 피네를 향해 나아갔다.

피리를 빼앗긴 흡혈귀가 시계탑을 파괴했고, 피네가 바깥으로 내던져졌다.

그때, 피네는 손을 뻗지 않고 에르나를 향해 피리를 던졌다.

떨어지는 피네의 표정은 만족스러워 보였다. 그게 너무나도 싫어서 더욱 가속했다.

"이 계집이!!"

흡혈귀가 마력탄을 날렸다.

그것이 피네에게 닿은 순간.

나는 그 마력탄을 튕겨내고 피네를 공중에서 끌어안았다.

확실하게 느껴지는 온기에 안심했다. 늦지 않았다. 구해냈다.

최근 몇 년 동안 가장 초조했던 순간일지도 모르겠다.

그리고……, 이렇게까지 짜증이 난 것도 오랜만이었다.

"네놈……, 내 마력탄을 없애버리다니, 정체가 뭐지……? 이름을 대라!!"

"……모험가 길드 제도 지부 소속, SS급 모험가 실버……, 네놈들을 토벌하러 왔다."

분노를 담아 조용히 말했다.

그것은 선서다. 절대로 놓치지 않겠다는 선서.

"실, 버, 님……?"

"……너무 무리하지 마."

"죄송합니다……, 또 경솔한 짓을……."

"……이야기는 나중에 들을게. 그래도……, 잘했어. 이제 내게 맡겨."

피네의 머리를 살며시 쓰다듬자 피네는 볼을 살짝 붉혔다.

부끄러워하는 피네를 지면에 내려준 다음, 나는 하늘에 있던 흡혈귀를 보았다.

흡혈귀 중에서 이 정도로 대규모 계획을 짤 만한 건 두 명밖에 없다.

흡혈귀이면서 모험가 길드에서 현상수배된 흡혈귀의 이단. S급 현상범 샘과 딘 형제다.

"실버 님! 무운을 빌게요……."

"그래, 내게 맡겨."

나는 대답한 다음 하늘로 스르륵 올라왔다.

더욱 경계하는 샘과 딘이 나를 보고 있었다.

그렇긴 하겠지. SS급 모험가의 조건은 S급 몬스터를 쓰러뜨리는 것이다. 다시 말해 나는 예전에 샘, 그리고 딘과 동등하거나 그 이상인 상대를 쓰러뜨린 적이 있다는 뜻이다.

"설마 SS급 모험가가 나올 줄이야……, 정말 놀랍군."

"젠장! 줄줄이 나오니까 귀찮다고! 너희들! 형의 계획을 방해하지 마!"

시끄럽게 떠들어 대는 쪽이 동생인 샘인가?

다시 말해 더 강력한 흡혈귀는 형이겠지.

"놀란 건 나도 마찬가지다. 너희는 현상범이 된 이후로 얌전해졌을 텐데. 움직이면 SS급 모험가가 나설 테니까. 겁이 나서 조용히 살던 거 아니었나?"

"바보 취급하지 마! 우리는 기회를 엿보고 있었을 뿐이야!"

"하지만 그 기회는 이미 사라졌군. 수비대와 기사들이 분투한 덕분에 몬스터는 막아냈고, 내가 왔다. 너희 계획은 끝장났다고."

"흥! 벌써 이겼다고 생각하는 거냐? 피리를 빼앗기긴 했지만, 그게 어쨌다고? 몬스터는 아직 많이 있으니 네놈과 용사를 쓰러뜨리면 우리의 승리다!!"

뭐야, 이 녀석들.

나와 에르나를 동시에 상대할 셈인가?

나는 놀라면서 에르나가 있던 쪽을 보았고, 에르나도 한심하다는 듯한 표정을 짓고 있었다.

"얕보고 있네. 둘이서 덤벼야 겨우 호각이었으면서."

"얕보고 있는 건 너지! 우리는 아직 온 힘을 다하지 않았어!"

"그렇다면 어디 보여주시지! 암스베르그의 이름을 걸고 섬멸해주겠어!"

"아니, 에르나 폰 암스베르그. 의욕을 보이고 있는데 미안하지만, 이 녀석들은 내가 해치우지."

멋지게 검을 들이댄 에르나에게 내가 그렇게 말했다.

그러자 에르나가 나를 보았다.

눈살을 찌푸리면서 믿기지 않는다는 표정으로 째려보고 있다. 이미 여자애가 지을 표정이 아니게 되었는데.

"실버? 내 귀에 문제가 생긴 거야? 방금 내 사냥감을 가로채겠다는 말이 들린 것 같은데?"

"그런 식으로 말한 적은 없다. 정말 귀에 문제가 생긴 모양이로군. 기사라면 황제를 지켜라. 이 녀석들은 내가 상대해주지."

"이게! 내용은 똑같잖아! 당신이야말로 물러나! 처음부터 이 녀석들을 상대했던 건 나라고!"

"황제 주위가 무방비한 것 같다만?"

"그 황제 폐하께서 내게 명령하셨어! 결코 양보할 순 없다고! 무엇보다! 이 녀석들은 내가 제일 싫어하는 말을 했어! 반드시 베겠다고 결심했거든……. 물러나 있어. 당신까지 벤다?"

무섭다.

엄청 화가 났잖아. 대체 무슨 말을 했길래 이러는 거야?

레오를 도와주러 가라고 할 생각이었는데.

"하! 여유로우시군 그래. 용사와 SS급 모험가가 모이니까 든든해지셨나 본데. 잘해봐야 호각이라는 상황이라는 걸 알고 있긴 한가?"

"호각? 완전히 그쪽이 밀리는 상황 같다만?"

"실버. 아래쪽 상황을 모르고 있나? 황제가 당장에라도 당할 것 같은데? 그쪽 용사는 나와 싸우고 싶어서 어쩔 줄 모르는 것 같군. 네놈이 도와주러 가는 게 어떠냐? 제국 소속 모험가라면 황제는 소중하겠지?"

아래쪽이 열세이긴 하다.

우리 둘 중 누군가가 아래쪽을 원호하러 가는 게 좋을 것이다. 지금 상태라면.

하지만 이 녀석은 큰 착각을 하고 있다.

"내가 소속되어 있는 곳은 제국이 아니다. 길드지. 모험가가 하는 일은 대륙 전토의 백성들을 지키는 것이지, 국가를 지킬 의무는 없다. 나라에서 돈을 받는 것도 아니니까. 솔직히 황제가 죽더라도 나와는 상관이 없다."

"뭐라고?"

"죽지 않았으면 하는 거라면 나 말고 다른 녀석이 지키면 되겠지. 내가 지킬 사람들은 이 도시의 백성들이지 특권계급이 아니다. 내가 지킬 사람들은 이 나라의 백성들이지, 이 나라가 아니다. 이 나라에는 세금을 나눠 받으며, 입장이 약속된 자들이 있을 텐데. 제국을 지키는 것은 그런 제국의 황족이나 기사들이 할 일이다. 지금 일을 하지 않는다면 그 녀석들에게 존재가치 따윈 없다. 그렇기에 나는 그 녀석들이 할 일을 가로채진 않는다."

"일을 가로채지 않는다고?"

내가 둘러말하자 딘은 의문을 품은 모양이었다.

그리고 그 의문의 답이 곧바로 다가왔다.

키르 남쪽.

몬스터 무리 옆에서 대지를 박차는 소리가 들리기 시작했다. 마치 천둥 같은 그 소리는 점점 커졌고, 한 황족이 나타나자 멈췄다.

"저건……?!"

"기사들이여! 제8황자 레오나르트 렉스 아드라가 명한다! 키르를 지켜라!! 나를 따르라!!"

레오는 그렇게 말하고 기사들 수천 명의 선두에 서서 돌격을 감행했다.

갑작스럽게 기사단이 나타나자 몬스터들은 제대로 대처하지 못했다.

저지하기 위해 샘과 딘이 움직였지만, 에르나와 내가 각각 앞을 막아섰다.

"실버, 그럼 이렇게 하자. 그쪽은 줄게. 이쪽은 가져간다?"

"그거 좋은 생각이군. 받아들이지."

각자 목표를 정한 우리는 단숨에 임전태세를 취했다.

아래쪽에서는 레오가 이끄는 기사단이 마치 거센 물줄기처럼 몬스터들을 휩쓸고 있었다. 흥분한 몬스터는 앞밖에 보지 못한다. 옆에서 돌격하면 어떻게 해볼 방법이 없다.

그래도 몬스터들이 조만간 위협적으로 느끼고 반격하겠지만, 한동안은 괜찮을 것이다.

그동안 이 녀석을 처리하도록 할까.

그렇게 키르 방어전은 최종 국면을 맞이했다.

■ ■ ■

"크윽! 인간 주제에!!"

딘이 이동하면서 마력탄을 수없이 날려댔지만, 나는 쫓아가면서 요격했다.

마치 불꽃놀이를 하는 것처럼 하늘에 화려한 빛이 반짝였다.

그 광경을 보고 딘은 짜증이 난 모양이었다.

실제로 에르나와 싸우던 동안에는 이 녀석들도 온 힘을 다하지 않은 모양이었다. 분명히 힘이 강해졌다. 아마 도망칠 것도 염두에 두고 있어서 그랬겠지만, 어떻게 해볼 수 없게 되었기에 온 힘을 다하게 된 것 같다.

딘은 흡혈귀의 특징인 날카로운 송곳니를 드러내면서 내게 다가오고 있었다.

마력으로 공격을 가해봤자 끝이 없을 거라 판단한 모양이었다. 역시 싸움에 익숙하다.

"치잇!"

나는 혀를 차면서 마법으로 요격했지만, 딘은 그 공격을 화려하게 피했다.

어쩔 수 없이 거리를 벌리려 했는데, 그러기도 전에 딘이 품속으로 파고들어 배를 공격했다.

"끄윽!"

"하! 왜 그러지?! SS급 모험가!"

"시끄럽다고!"

반격으로 날린 마법은 빗나갔고, 딘이 내 뒤쪽으로 파고들었다.

위험하다는 생각이 들어 몸을 보호하는데 마력을 돌렸다.

딘은 두 손으로 깍지를 낀 다음 있는 힘껏 휘둘렀다.

나는 망치로 맞은 듯한 충격을 느끼면서 큰길에 내동댕이쳐졌다.

"아얏! 마음대로 날뛰기는……."

"왜 그러지? 내가 온 힘을 다하니 어찌할 줄을 모르는 모양이다만?"

"뭐 하는 거야?! 상대가 그렇게 강하지도 않잖아? 대충 싸우는 거야? 대충 싸우는 거지! 그런 태도가 멋지다고 생각해? 그건 꼴

사납다고!!"

적이 도발했는데 왠지 모르겠지만 아군까지 매도해 왔다.

모험가도 편한 직업이 아닌 것 같다.

하지만 그 정도는 기꺼이 받아들여야지.

소중한 동생과 그 동생들 때문에 휘말린 기사들. 실버로서 곧바로 달려올 수 있는데도 그러지 않고 제위 쟁탈전을 유리하게 진행하기 위해 힘들게 싸우게 만든 수비대 병사들.

그리고 이 도시에 있는 백성들.

그들 모두를 위해서라면 이 정도는 아무것도 아니다.

그래도 슬슬 짜증나는 것도 한계에 도달한 것 같은데.

"흥! 네놈들 같은 걸 두려워하면서 숨어있었던 게 바보 같군! 역시 인간에 불과했나!"

"역시 숨어있었구나. 흡혈귀도 별것 아니네."

나는 그렇게 말하고 아무렇지도 않다는 듯이 벌떡 일어섰다.

내 몸에 다친 곳은 없다. 물론 대미지도 입지 않았다.

그 사실을 눈치챈 딘은 깜짝 놀랐지만, 곧바로 주위의 상황이 이상하다는 것도 눈치챈 모양이었다.

"끄아아아악!! 팔이!! 어, 어라?"

"아파! 아파……? 나았네?"

키르 성벽에서 싸우던 수비병들은 물론이고 레오를 따라 몬스터 무리에 돌격하던 기사단도.

내가 이곳에 나타난 뒤로는 아무도 죽지 않았다.

다쳐도 곧바로 회복하기 때문이다.

"네놈……?! 설마 치유결계를 펼치며 싸웠던 거냐?!"

"절반만 정답이야."

내가 펼치고 있었던 건 치유결계뿐만이 아니다.

도착한 시점에서 치유결계를 쳤고, 그것을 유지하면서 전투를 벌이며 다른 마법도 준비하고 있었다.

그 마법의 준비도 끝났다.

"나는 두 가지 결계를 펼치며 싸웠어. 뭐, 그중 하나는 방금 완성되었지만."

그렇게 말한 순간.

키르 전체에 거대한 마법진이 떠올랐다. 그리고 그곳으로부터 사슬이 잔뜩 나타나 딘과 샘을 묶었다.

"뭐지?! 이런 것 따위!!"

"젠장! 놔라!!"

"너희들은 풀 수 없을 거야. 고대마법, 주쇄결계. 묶은 자에게 저주를 걸어서 약하게 만들지. 자……, 각오는 되었냐? 너희들."

사람이 이것저것 하면서 바쁠 때 마음껏 날뛰면서 때리다니.

벌을 줄 시간이다.

7

사슬은 계속 늘어나고 있다.

그것은 약체화 저주가 계속 늘어난다는 뜻이다.

두 사람을 붙잡은 다음, 나는 천천히 하늘로 올라갔다. 이세 저 녀석들은 벌레만도 못하다. 이제 섬멸하기만 하면 된다.

"흡혈귀가 강한 이유는 그 막대한 마력 때문이지. 수명이 길긴 하지만 마력을 제외하면 육체적인 힘은 인간과 비슷해. 다시 말해 마력을 봉인해버리면 무섭지는."

"잠깐?! 이 사슬! 나까지 쫓아오는데?!"

"……."

사람이 모처럼 멋지게 마무리하려고 하는데, 이 여자가 진짜.

돌아보니 사슬이 에르나까지 쫓아가고 있었다. 내게 적의를 품고 있는 녀석을 자동으로 포박하게끔 해둬서 그런가?

아니, 어째서 잡히질 않는 거야? 저 녀석은 진짜 인간 맞나? 완전히 기습적으로 발동시켰을 텐데.

"미안하군. 내게 적의를 품고 있는 녀석을 포박하라고 했거든."

시선으로 사슬을 멈추자 숨을 헐떡이던 에르나가 나를 매서운 눈초리로 노려보았다.

내가 코웃음 치자 에르나의 얼굴이 새빨갛게 물들었다.

"당신 말이야!! 아군을 사슬로 포박하려 하다니, 정신 나간 거 아니야?!"

"사슬은 나를 아군으로 생각하는 녀석에게 반응하지 않아. 네가 내게 적의를 너무 강하게 품고 있었을 뿐이지. 애초에 꼴사나운 녀석의 사슬 같은 건 별것 아니잖아?"

"이게! 아까 한 말 때문에 앙심을 품고 있구나?! 쪼잔한 것도 정도가 있지! 당신이 당하길래 걱정해서 해준 말인데!!"

"걱정이 되면 매도하는 건가? 네 주위에 있는 사람들은 고생이 참 많겠어."

에르나의 얼굴이 완전히 새빨갛게 물들었다. 이제 화가 났다는 건 굳이 말할 필요도 없다.

그런 에르나가 재미있어서 더 놀려주고 싶지만, 먼저 온 손님이 기다리고 있다.

"미안하군. 말괄량이 용사를 상대하다 보니 깜빡 잊고 있었어. 어디까지 이야기했었지? 아, 마력을 봉인해 버리면 흡혈귀 따위는 별것 아니라는 것까지 말했었지."

"네놈!! 우리를 모욕하다니!!"

"풀어라! 이걸 풀면 너 같은 건 때려죽여 주마!!"

"풀고 싶으면 스스로 풀어라. 평생 걸려도 못하겠지만. 자……, 참회할 시간이다. 뭔가 남길 말이 있나?"

나는 그렇게 말하고 대량의 마력을 두 손에 집중시키기 시작했다. 지금까지 써왔던 마법과는 전혀 다른 마법을 쓰기 위해서였다. 그것을 본 샘과 딘은 식은땀을 흘리기 시작했다.

"자, 잠깐……! 네놈은 우리에게 원한 같은 게 없을 텐데! 도망치게 해주면 보답을 하마!"

"원한이라……, 없는 건 아니다만?"

좀 전에 피네를 노렸던 건 딘이다. 그때의 분노를 떠올리면 이 녀석들을 몇천 번은 죽일 수 있다.

노렸다는 사실. 위험했다는 사실. 실제로 피네가 다치지는 않았지만, 그것만으로도 이 녀석들은 극형감이다.

"우, 우리가 네놈에게 무슨 짓을 했지?! 길드의 의뢰를 받고 온 것도 아니잖아?! 우리를 토벌하는 건 길드에서 의뢰를 받은 뒤에 하는 게 더 나을 텐데!"

"인간은 복잡해서 말이지. 무엇 때문에 원한을 품을지 모르는 법이라고. 그리고 길드에서 의뢰를 받진 않았지만, 나는 모험가다. 그 사실은 어디에 가든 변함이 없어. 의뢰를 받든, 받지 않았든, 대륙 전토의 백성들을 몬스터로부터 지킬 의무가 있다고."

"우, 우리는 몬스터가 아니야!"

"길드는 너희를 몬스터로 인정했고, 하는 짓도 몬스터와 다르게 없잖아. 자, 달리 하고 싶은 말은 없나? 누가 명령을 내렸는지 말해주면 옆에 있는 용사가 말려줄지도 모르는데?"

그렇게 말하는 동안에도 내 마력이 점점 강해졌다.

아무리 생각해도 지나치게 강한 공격을 가하려는 건 뻔히 보인다. 두 사람은 확실하게 죽을 것이라는 사실을 알고 있을 것이다.

하지만 샘과 딘은 공포에 질린 표정을 지으면서도 입을 열지 않았다.

의리가 있는 건지, 아니면 그 정도로 무서운 건지. 이 녀석들이 정이나 충성심을 지니고 있을 것 같진 않다. 후자겠지. S급 현상범이 두려워할 정도인 녀석이 흑막인가? 대체 누구지?

"얼른 실토해. 그러지 않는다면 죽이겠어."

"우, 우리는 고귀한 흡혈귀다! 인간 따위에게 굴할 것 같으냐!!"

"그래? 그럼 이제 끝내자. 나도 준비가 끝난 참이니까."

그 말을 듣고 내가 제일 놀랐다. 흡혈귀들은 눈치채지 못한 것 같지만, 에르나가 준비한다는 건 아마 그것밖에 없을 것이다.

"에, 에르나 폰 암스베르그!! 설마 성검을 소환할 셈인가?!"

"그런데 왜?"

"나 혼자만으로도 충분하다! 도시를 파괴할 셈인가?!"

"조절할 거니까 괜찮아. 어디 사는 누군가가 쓸데없이 내 상대까지 구속해주었으니까 마음 편히 소환할 수 있겠네."

"이, 이봐……."

"나는 암스베르그 가문 사람이야. 제국의 적을 치는 것이 나의 사명. 당신 따위에게 양보하진 않겠어!"

에르나는 그렇게 말하고 오른손을 하늘로 높게 들어 올렸다. 그리고.

"나의 목소리를 듣고, 강림하라! 휘황찬란한 별의 검! 용사가 지금, 그대를 필요로 한다!!"

하얀 빛이 하늘에서 떨어져 내렸다.

에르나가 그것을 붙잡자 이윽고 하얀 빛이 희미해지고 빛나는 은색 세검으로 변하기 시작했다.

500년 전, 용사가 마왕을 쓰러뜨렸을 때 사용했던 전설의 성검, 극광(아우로라). 유성으로 만들었다고 하는 그 검은 만물을 가르며 마의 존재를 일절 용납하지 않는다.

그 지나치게 거대한 힘 때문에 초대 암스베르그 용자이 봉인했고, 재능이 있는 사람만 소환할 수 있게 해두었다.

그것을 소환할 수 있다는 건, 곧 용사로서의 자격이 있다는 뜻이다.

에르나는 그것을 불과 열두 살에 소환해냈다. 신동이라고 불리는 이유다.

"으윽?!"

역시 마왕을 쓰러뜨린 성검이라 그런지 존재하는 것만으로도 압박감이 엄청나다.

에르나 정도 실력자가 들면 그것만으로도 무적이다. 다른 나라에서 암스베르그 가문을 두려워하는 이유이기도 하다. 저 별의 성검을 소환하면 군대조차 일격에 괴멸시킬 수 있다. 물론 군대를 상대로 소환된 적은 과거에 몇 번밖에 없었지만.

애초에 소환되는 경우 자체가 별로 없으니까. 짜증 난다는 이유만으로 쓸데없이 소환하는 건 에르나 정도밖에 없다.

"자……, 각오해."

"진짜……, 그럼 그쪽은 넘겨주마."

"흥! 애초에 내 사냥감이었어! 내가 그쪽을 나눠주는 거라고!"

"뭐, 그런 걸로 해두지."

나는 한발 양보하고 영창에 들어갔다. 지금까지는 영창을 사용하지 않았지만, 확실하게 해치우기 위해서는 영창을 해서 최대

위력으로 마법을 쓰는 게 제일이다.

《나는 찬탈자이니·명부의 어둠으로부터 흑을 찬탈하였다· 그 흑은 어둠보다 더욱 어둡고·그 흑은 밤보다 더욱 깊고·개 벽의 암흑·종언인 극흑·모든 것은 그 흑에서 태어나고·모든 것은 그 흑으로 돌아간다── 인피니티 다크니스.》

거대한 검은색 구체가 내 머리위에 떠올랐다.

모든 것을 집어삼키는 그 검은색에 맞서려는 듯이 에르나가 들 어올린 성검에서 거대한 흰색 빛이 하늘에 닿을 듯이 솟구치고 있었다.

흑과 백. 어둠과 빛.

결코 뒤섞일 수 없는 속성의 공격. 하지만 당한 자의 결말만은 일치한다.

우리는 그 공격 방향을 조절했다. 이왕이면 몬스터들을 날려버 리는 게 편하기 때문이다. 마침 레오와 기사들은 몬스터 무리를 뚫고 다시 돌격할 준비를 하고 있었다.

대충 보아하니 몬스터 무리 안에 사람은 없는 것 같았다.

하지만 일단 소리쳤다.

"몬스터 무리 안에 있는 자는 바로 도망쳐라!"

"휘말리게 하지 않을 자신은 없어!"

우리 둘 다 그렇게 외쳤다. 위험하다고 생각했는지, 레오와 기 사들도 일제히 몬스터들에게서 거리를 벌렸고, 성벽 위에 올라가 있던 수비병들도 도망치기 시작했다.

한편, 표적이 된 몬스터들은 그저 멍하게 하늘을 올려다보고 있었다.

그중에는 인간들을 해치지 않고 조용히 살아온 몬스터들도 있을 것이다. 하지만 용서해라. 이용당했다고는 해도 인간을 습격한 이상, 도망치게 할 수는 없다.

너희도 동료들을 지키기 위해 인간을 공격한 것처럼, 우리도 인간들을 지키기 위해 싸워야만 한다.

마음속으로 한 사과는 그것뿐이다. 눈앞에 있는 두 사람에게 할 사과 따위는 존재하지 않는다.

"자……, 이를 악물어라."

"참회하라고!"

"히이이이이이이이이익?!"

"으아아아아아아아악?!"

검은색 구체는 딘을 집어삼켰고, 그대로 몬스터 무리까지 집어삼켰다.

에르나의 성검도 샘을 집어삼켰고, 그대로 몬스터 무리까지 집어삼켰다.

그리고 양쪽 공격은 서로 경쟁하는 듯이 모든 것을 없앴고, 아무것도 남지 않게 되었다.

승리의 함성은 들리지 않았다. 힐끔 보니 황제가 어이없다는 듯이 이쪽을 보고 있었다. 너무 심했다는 뜻이겠지.

뭐, 혼나는 건 에르나뿐이니 괜찮겠지. 아, 그렇지, 참.

"황제 폐하! 이번에는 내가 개인적으로 움직였지만……, 이번에 쓴맛을 보았으니 앞으로는 길드를 업신여기지 않았으면 하는군."

"훗……, 알겠다. 협력해주어서 고맙다, 실버."

이제 길드 쪽도 체면이 설 테니 제국을 건드리지도 않을 것이다. 나는 황제에게 인사를 한 다음 전이마법을 쓸 준비를 시작했다. 그런 와중에 에르나가 말을 걸었다.

"실버."

"뭐지? 아직 뭔가 불만이 있나?"

"그래, 잔뜩 있지. 하지만 지금은 따지지 않을게. 이번에는 덕분에 살았어. 특히 피네를 구해줘서 고마워. 그녀는……, 내 소꿉친구의 친구니까."

"소꿉친구라는 건 찌꺼기 황자 말인가?"

"당신 말이야……, 그 말을 한 흡혈귀를 방금 성검으로 없앴거든? 목숨이 아깝다면 취소해. 내 소꿉친구는 최고의 황자야. 내 앞에서 바보 취급하는 건 용서 못 해!"

에르나는 그렇게 말하고 성검을 겨누었다.

그녀의 눈빛은 진심이었다.

내 명예를 위해 진심으로 SS급 모험가와 싸우려는 모양이다.

나는 그런 에르나를 보고 쓴웃음을 지으며 말했다.

"사과하지. 네게 그렇게까지 말하게 하는 걸 보니 찌꺼기 황자라고 한 건 실례였던 것 같군. 하지만 그와 동시에 불쌍하기도 해. 너 같은 소꿉친구가 있어서 그도 정말 힘들었을 테니까."

"뭐?!"

"그럼 실례하지."

나는 그렇게 말한 다음 에르나가 따지는 소리가 들리기도 전에 전이해 버렸다.

그리고 세바스가 기다리고 있던 방에 도착한 나는 나른한 몸을 억지로 움직여 가면과 로브를 벗어 던졌다.

"고생 많으셨습니다. 차를 준비해 두었습니다."

"고마워……, 수고가 많네……."

"많이 지치신 모양이로군요."

"그래……, 그럴 만도 하지……."

전이마법을 연달아 쓴 데다 치유결계, 주쇄결계, 그리고 마지막으로 쓴 공격마법. 그것 말고도 마력을 꽤 많이 썼다. 솔직히 마력은 거의 텅 빈 거나 마찬가지다. 체력도 마찬가지다.

"피곤해……, 졸려……."

"뒷일은 맡겨주시길."

차를 조금 마신 다음, 나는 의자에 앉아 꾸벅꾸벅 졸기 시작했다. 어떻게든 침대에 누우려고 했지만, 몸이 움직이지 않았다.

그런 내 귀에 세바스가 부드러운 목소리로 말했다.

"정말 고생 많으셨습니다. 훌륭하십니다. 아르노르트 님."

"그래……, 그럼 쉬어도 문제는 없겠지……."

세바스에게 칭찬받은 게 얼마 만이었던가.

나는 그런 생각을 하면서 기분 좋은 졸음 속에서 의식을 잃었다.

8

소동이 일어난 지 사흘째.

황제의 아이들 중에서 나는 제일 나중에 키르에 도착했다.

다른 아이들은 방어전이 끝나기 전에 오지는 못했지만, 계속 기사들과 함께 달려왔기 때문에 그날 밤에는 거의 다 모였다고 한다.

"또 바보 취급당하겠군요."

"그러라고 해. 그러라고."

나는 세바스와 그런 이야기를 나누며 저택 앞에서 마차를 세운 뒤 내렸다.

그러자 마중 나온 사람들 중에 특이한 사람들이 있었다.

"오라버님⋯⋯!"

"어이쿠, 크리스타. 왜 그래?"

"무서웠어⋯⋯."

평소처럼 토끼 인형을 든 크리스타가 타박타박 달려와 나를 끌어안았다. 그런 크리스타의 머리를 몇 번 쓰다듬어 준 다음, 손을 잡고 걸어갔다. 마중 나온 사람은 피네와 레오, 그리고.

"어서 와. 아르."

"어서 오십시오. 아르노르트 전하."

"그래, 다녀왔어."

에르나와 부하들이 정렬한 채 맞이해 주었다. 보아하니 다친 사람도 없는 것 같다. 나는 그 사실에 안심하며 레오를 돌아보았다.

"에르나하고 부하들은 당연하다고 쳐도, 넌 용케 일찍 왔구나?"

"실버가 협력해 주었거든."

"역시 SS급 모험가네. 성격이 좋아."

"아르. 그런 남자가 무슨 성격이 좋다는 거야?"

에르나가 불만스러운 표정을 지었다. 그러자 나는 어깨를 으쓱이며 대답했다.

"구해줬잖아. 제국을."

"그런 건 그냥 변덕이야. 나는 알 수 있어."

"변덕이라도 상관 없잖아. 덕분에 살았으니까. 안 그래? 크리스타."

"응."

"이거 보라고."

"크, 크리스타 전하를 내세우는 건 치사하잖아!"

우리는 그런 이야기를 하면서 저택 안으로 들어갔다.

중간에 피네와 눈길이 마주치자 부드러운 미소를 보여주었다. 자기는 나중에 이야기해도 된다는 건가? 나는 그렇게 형편 좋게 해석하면서 손을 놓으려 하지 않는 크리스타와 함께 저택 안쪽으로 들어갔다.

아버님께서 내가 도착하는 대로 회의를 시작하겠다고 미리 연락했기 때문이다. 하지만.

"늦게 돌아왔구나. 아르노르트. 뭘 하고 있었지?"

"에리크 형님. 호위할 기사가 없어서 데리러 오길 기다리고 있었습니다. 늦게 도착하게 된 점 죄송합니다."

"사과 따윈 필요없다. 미안하다고 생각하지도 않을 거 아냐?"

안경을 쓰고 머리카락이 푸른색인 남자. 제2황자 에리크가 우리 앞을 막아섰다.

여전히 안경 너머로도 눈매가 사납구나. 자신 말고 다른 모든 것을 가치의 유무로 판단하는 듯한 눈초리다. 크리스타는 그 눈이 무서워서 그런지 내 뒤에 숨었다.

"생각은 하는데요, 어느 정도는."

"내가 잘못 말했군. 우리에게 미안하다는 생각은 하지 않겠지? 너는 그런 녀석이니까."

"뭐, 그런 식으로 따지자면 그렇죠. 미안하다는 생각은 안 합니다. 폐를 끼치지 않았으니까요."

내가 미안하다고 생각한 건 친한 사람들뿐이다. 에리크를 포함한 다른 형제나 아버님에게도 미안하다고 생각하진 않는다. 그 대답을 듣고 에리크가 웃었다.

"역시 재미있구나, 아르노르트. 에르나를 먼저 보낸 건 좋은 판단이었다. 다음에도 정확하게 판단해라. 내게 가치가 있다면 레오나르트도 그렇고 네게도 잘해줄 테니."

"마치 황제가 된 것처럼 말씀하시네요?"

"내가 차기 황제다. 너희는 물론이고 고든이나 잔드라가 아무리 애를 써봤자 이 사실은 변함이 없지. 잘 기억해 둬라."

에리크는 그렇게 말하고 우리를 스윽 둘러본 다음 레오를 보았다.

레오는 그 시선을 똑바로 받아들였다. 그렇다. 겁을 먹을 필요는 없다. 아무리 상대가 에리크라고 해도.

"너무 까불지 마라."

"명심해두겠습니다. 에리크 형님."

발걸음을 돌려 먼저 저택 안쪽으로 가는 에리크와는 달리 우리는 한 발자국도 움직이지 않았다.

방금 그건 선전포고다.

이번에 우리는 둘이서 공을 세웠다고 할 수 있다. 나는 에르나를 일찌감치 보냈고, 레오는 기사들을 이끌고 달려왔다. 실버에게 도움을 받긴 했지만, 그래도 공은 공이다. 에리크는 그 사실 때문에 까불면 박살 내겠다고 선언한 것이다.

드디어 차기 황제 최유력 후보도 무시할 수 없게 된 건가? 하지만 경고뿐이겠지. 그 사람이 우리를 박살 낸다는 단순한 방법을 쓸 리가 없다. 우리가 강해지면 고든이나 잔드라와 싸움을 붙일 거라 생각한다. 나라면 그렇게 할 것이다.

"오라버님……."

"왜 그래? 무서웠어?"

"안심해. 크리스타에게는 아무짓도 하지 않을 거야. 물론 우리에게도."

우리는 고개를 끄덕이는 크리스타를 보고 쓴웃음을 지으며 안

쪽으로 들어갔다.

"아, 레오. 만약에 아버님이 이렇게 질문하면 이렇게 대답해."

가던 도중에 나는 레오에게 귓속말을 했다. 그러자 레오는 눈을 크게 떴다. 하지만 나는 그런 레오에게 다시 재촉했다.

"알겠지?"

"정말 괜찮을까?"

"그래, 너밖에 할 수 없는 말이고, 그 말이 그 사람을 구하게 되는 거야."

■ ■ ■

아버님은 소동이 해결된 뒤로도 일부러 키르에 머무르며 동부의 복구 지휘를 맡고 있었다. 하지만 그건 명분에 불과하다. 해일로 인한 피해는 크지 않다.

아버지가 하고 있는 것은 이번 소동에 누가 연관되어 있는지에 대한 조사다.

그리고 그 조사에 진전이 있었던 모양이다. 내가 도착하기를 기다려서 아이들과 근위기사들을 소집했으니까.

"다들 고생이 많구나."

그렇게 말한 아버님의 얼굴은 척 보기에도 지쳐보였다. 젊지도 않은 나이에 전장에 나섰고, 그 이후로 며칠 동안 쉬지도 않고 일을 했으니 지치는 건 당연하다. 게다가 바보 같은 아들이 이번 소동과 깊은 관계가 있다는 걸 알았을 테니까.

"이번에 너희들을 모이라고 한 건 알 권리가 있기 때문이다. 지금부터 내가 하는 이야기는 다른 곳에 알리지 말도록. 어젯밤에 중상을 입었던 카를로스가 깨어났다. 그리고 며칠 동안 모은 증거를 보여주니 두 흡혈귀와의 관계를 인정했다. 카를로스는 그 두 사람이 가지고 있던 피리로 몬스터를 사냥하고 축제에서 1위가 되는 것, 그리고 키르에 카를로스가 도착하면 철수하는 것을 조건으로 두 사람의 현상금을 해제하기로 약속한 모양이다. 정말이지 어리석기 그지없는 짓이야!"

"다시 말해……, 몬스터가 발생한 것도 카를로스가 꾸민 계획이라는 뜻입니까?"

"그렇다. 정확히 말하자면 흡혈귀에게 이용당했을 뿐이다만, 자신의 이익을 위해서 나는 물론이고 제국 전토를 위험하게 만들었다. 용서받을 수 있는 일이 아니지!"

그렇게 말한 아버님의 눈에는 핏줄이 서 있었다. 정말 화가 많이 난 모양이다.

하지만 그런 아버님 앞에서 에리크가 무릎을 꿇고 애원했다.

"황제 폐하. 부디 관대한 조치를 부탁드립니다. 어리석긴 하지만 제 동생입니다."

뻔뻔한 연기다. 고든과 잔드라도 뒤따라 애원했다.

이 녀석들이 애원하는 건 정 때문이 아니다. 물론 조사를 진행하면 곤란하다는 이유 때문도 아니다.

황제가 그걸 원하고 있다는 걸 알고 있기 때문이다. 죽일 생각이었다면 이미 죽였을 것이다. 일부러 모아서 화를 내는 모습을 보인 것은 자신 혼자의 생각만으로 용서할 수는 없기 때문이다.

에리크와 다른 아이들이 용서해 달라고 했으니 용서한다. 그러지 않으면 황제의 위엄을 유지할 수 없다.

뭐, 죽일 필요도 없고.

카를로스는 샘의 공격 때문에 오른팔을 잃었고, 하반신을 움직일 수가 없게 되었다. 평생 누워서 지내야만 한다. 아버님도 그런 꼴이 된 아들을 죽일 생각이 들지 않았을 것이다.

하지만 이대로 끝낼 순 없다. 모두가 살려달라고 애원하면 그 애원에 지는 형태로 보일 수도 있다. 체면상 그럴 순 없을 것이다.

"레오나르트. 너는 이번에 제일 큰 공을 세웠다고 할 수 있다. 너는 어떻게 생각하느냐?"

"그럼 말씀드리도록 하겠습니다. 용서해선 안 됩니다. 목을 쳐야 합니다."

모두가 그 순간, 얼굴이 굳었다. 가장 그럴 리가 없다고 생각한 사람이 그런 이야기를 꺼냈기 때문이다. 아버님도 꽤 많이 놀란 것 같은데.

"……어째서 그렇게 생각하는 것이지? 네 형이다만."

"형이기 이전에 제국의 반역자입니다. 이번에 용서하면 안 좋은 전례가 되겠죠. 그리고 피를 흘린 기사들에게 제가 뭐라고 설명해야 하겠습니까?"

"백성들이나 일반 기사들에게는 말하지 않을 것이다. 이곳에서 끝낼 일이지. 그건 신경 쓰지 않아도 된다."

"그렇게 해선 안 됩니다. 목을 치고 솔직하게 밀해야만 합니다. 그리고 폐하께서 공정하다는 사실을 나라 안팎으로 보여야겠지요. 아무리 아들이라 해도 죄를 범하면 벌한다는 것을. 그래야만 민심이 안정됩니다."

레오는 강한 말투로 말했다.

이제 의견은 두 가지. 어느 쪽을 선택하더라도 충돌하게 된다. 다시 말해 아버님에게 변명거리가 생긴다는 뜻이다.

카를로스를 살려주겠지만, 레오를 업신여기지는 않는다. 그러니 고든과 같은 순위였던 레오를 전권 대사로 임명하는 흐름이 된다. 그게 전부 아버님이 원했던 전개일 것이다.

고민하는 아버님을 보며 만족스러워하고 있자니 아버님이 내가 있는 쪽을 힐끔 보았다. 그리고 여유로워 보이는 내 얼굴을 보고 발끈한 듯한 표정을 지었다.

"네가 부추긴 거냐?"

"무슨 말씀이신지요?"

"에휴……, 됐다. 에리크와 다른 자들의 의견을 존중하여 카를로스는 살려주겠다. 허나, 레오나르트. 너를 무시한 것은 아니다."

아버님은 그렇게 말하고 레오를 자기 앞으로 불러냈다. 레오는 공손하게 앞으로 나와 무릎을 꿇었다.

아버님은 레오에게 자신의 검을 내밀었다. 레오나르트는 그것을 받아들었다.

"준비를 하지 않았으니 이걸 받고 참거라. 레오나르트, 이번 축제의 승자는 너로 삼겠다. 카를로스는 실격, 2위인 아르노르트도 실격이다. 3위는 레오나르트와 고든이지. 허나 레오나르트는 기사들을 이끌고 온 공적과 동부에서 인기가 드높지. 레오나르트를 승자로 삼아서 불만을 억누르겠다. 알겠느냐? 고든."

"⋯⋯황제 폐하의 뜻대로 하십시오."

고든은 인상을 쓰면서 고개를 숙였다. 목소리가 떨리는 걸 보니 정말 분한 모양이다. 하지만 따질 수가 없다. 따질 재료가 없기 때문이다. 그런 와중에 에르나가 앞으로 나섰다.

"황제 폐하. 부디 탄원하는 것을 허락하여 주십시오."

"뭐지?"

"부디 아르노르트 전하의 실격을 취소하여 주십시오. 실격은 기사들을 파견했기에 이루어졌습니다. 칭찬받아 마땅한 행위지요. 실격이라는 오명은 너무합니다."

"부탁드립니다! 황제 폐하!"

에르나를 따라 부하들도 무릎을 꿇었다. 그러자 아버님은 눈을 감고 질문했다.

"아르노르트⋯⋯, 너는 '실수로' 팔찌를 망가뜨렸다고 했지?"

"네. 실수로 팔찌를 망가뜨렸습니다."

"그렇다면 실격을 취소할 수는 없다. 의도적으로 망가뜨려서 에르나를 파견했다면 생각해볼 여지도 있겠다만, 규칙은 규칙이지. 우승자는 레오나르트다.”

에르나는 믿기지 않는다는 듯한 표정으로 나를 바라보았지만, 나는 무시했다.

지금 내가 의도적으로 에르나를 보냈다고 하면서 실격을 취소해달라고 해봤자, 내가 전권 대사가 될 일은 없다.

잘해봐야 칭찬해주는 말을 듣는 정도에 불과하다. 방금 아버님이 말했듯이 레오를 우승자로 삼는 건 레오가 동부에서 인기가 많기 때문이다. 나로 정하면 아무도 받아들이지 않을 것이다.

그렇기 때문에 나는 실수로 팔찌를 망가뜨려서 우승을 놓친 한심한 황자면 된다.

그렇게 생각하고 있었는데.

“허나, 에르나 덕분에 살아난 것도 사실이지. 다시 말해 아르노르트의 실수가 나를 구한 것이다. 그 실수에 대한 상을 주마.”

“네?”

“아르노르트를 대사 보좌관으로 임명한다. 레오나르트를 보좌하도록.”

“……아, 아버님?”

“황제 폐하다. 아르노르트.”

“저기……, 저는 그러니까……, 능력이 없어서.”

“전부 레오나르트에게 맡기면 된다. 슬슬 일을 하나 정도는 해서 뭔가 할 수 있다는 것을 증명해 보거라. 이 이야기는 끝났다. 당장 내일이라도 정식으로 발표하지. 다들 그때까지 쉬거라.”

아버님은 그렇게 말하고 의자에서 일어났다. 그리고 떠나갈 때 장난치는데 성공한 아이 같은 미소를 내게 보였다.

저 아버지가, 일부러……! 젠장! 계획이 완전히 틀어졌잖아?! 나와 레오가 다른 나라에 가면 누가 우리 세력을 지휘하는데?! 정말 이러기야?!

뜻밖의 상황에 나는 멍해졌다. 한편, 라이벌들은 꼴 좋다는 듯 한 표정을 짓고 있었다.

큰일이다……. 어떻게든 해야 한다. 그러지 않으면 우리가 없 는 틈을 타서 세력이 괴멸당할 텐데.

"잘됐지! 아르!"

"……."

"왜 그래? 아르?"

"역시 너는 다가오지 않는 게 낫겠어……."

"어째서?!"

나는 이마를 짚으며 기뻐하는 에르나를 저리 가라고 쫓아냈다. 하지만 알고 있다. 에르나 때문에 이렇게 된 것은 아니다. 에르나 가 내 실격을 취소하려는 것은 예상하고 있었다. 잘못된 것은 아 버님의 반응이다. 아버님이 뜻밖의 행동을 취한 것은 내가 여유 를 부렸기 때문이다. 내 손바닥 위에서 놀아나는 것 같아서 기분 이 상했겠지. 이건 완전히 나 때문이다……

나는 터무니없는 사태에 머리를 감싸쥐면서 회의를 마쳤다.

➥ 에필로그

회의가 끝난 다음, 피네는 방에서 홍차를 준비하고 있었다. 슬슬 손님이 올 것이라는 사실을 알고 있었기 때문이다.

"나야. 들어가도 되나?"

"들어오세요, 아르 님."

기다리고 있던 손님, 아르는 방으로 들어선 다음 이미 준비되어 있는 홍차를 보고 조금 놀랐지만, 방글방글 웃는 피네를 본 다음 아무런 말도 하지 않고 의자에 앉았다.

"평소 마시던 홍차가 아니네……"

"피곤하실 것 같아서 피로 회복 효과가 있는 것으로 준비했어요. 싫으셔도 드셔야 해요."

"그렇게 피곤하진 않은데."

아르는 그렇게 중얼거렸지만, 피네의 눈에는 아직 피로가 남아있는 것처럼 보였다. 싸움이 끝나고 며칠이 지났고, 그동안 쉬었는데도 불구하고. 그렇기 때문에 피네는 그 홍차를 준비했다. 독특한 쓴맛과 향기가 있는 홍차를 마시자 아르는 인상을 썼다. 아르는 그 맛을 알고 있었다.

"예전에 어머님께서 먹으라고 하신 차야……. 동방의 찻잎을 써서 특이하게 끓여야 할 텐데?"

"저도 어머니께 배웠어요. 찻잎은 저택에 있던 걸 나눠달라고 했죠. 아르 님께서 피곤하신 것 같아서요."

"에휴……, 피곤하긴 해도, 그렇게까지 신경 쓸 필요는 없는데."

"그럼 다행이네요. 그래도 다 드세요."

피네는 방긋 웃었지만, 그 미소에는 아무 말도 못 하게 하는 박력이 있었다. 그 미소의 박력에 눌린 아르는 아무 말도 하지 못하고 홍차를 계속 마셨다.

한동안 침묵이 이어졌다. 하지만 껄끄러운 침묵은 아니었다. 말을 하지 않아도 안심할 수 있는 분위기가 있었다. 아르에게는 그런 게 마음이 편했다. 겉으로는 찌꺼기 황자로서 무능한 연기를 하고, 뒤에서는 실버로서 최강의 모험가 행세를 한다. 게다가 지금은 제위 쟁탈전에서 레오를 이기게 만들기 위해 암약까지 하고 있다. 아르가 숨을 돌릴 시간은 거의 없는 것이다. 하지만 피네가 그렇게 귀중한 시간을 제공해준 것이다. 그래서인지 아르의 입에서 자연스럽게 고맙다는 인사가 흘러나왔다.

"고마워……, 저기, 이것저것."

"아뇨. 인사를 드려야 하는 건 저죠. 구해주셔서 감사합니다. 또 폐를 끼쳐드렸네요……."

"아니야, 폐 같은 건 안 끼쳤어! 오히려 네가 그때 피리를 확보해 줘서 해일이 확대되지 않았고, 쓸데없는 희생도 생기지 않았어. 하지만……."

"하지만?"

"저기, 너무 위험한 짓은 하지 말아줘. 그때는 심장이 멈추는 줄 알았다고."

"그렇죠……, 저도 죽어버리는 줄 알았어요. 하지만 아르 님께서 와주셨죠. 기뻤어요."

피네는 그렇게 말하고 미소를 지었다. 부드럽고 온화한 미소지만 많은 사람들에게 보여주는 미소와는 조금 달랐다. 미소를 지으려고 생각한 게 아니라 신뢰하는 마음에서 자연스럽게 나온 그 미소는 피네의 매력을 더욱 돋보이게 해주고 있었다.

그 모습에 자기도 모르게 넋이 나가 있던 아르는 정신이 번쩍 들자 쑥스러움을 둘러대기 위해 홍차를 다 마셨다. 이제야 끝났다 싶었는데, 피네가 한 잔 더 따라버렸다.

"앗……?!"

"두세 잔 정도는 드셔야 해요."

"좀 봐주라……."

아르는 불평하면서 다시 쓸쓸한 표정으로 마시기 시작했다. 피네는 그런 아르의 모습을 기쁜 듯이 바라보았다. 다시 두 사람 사이에 침묵이 흐르기 시작했다. 그런 침묵을 두 사람 모두 일부러 깨지는 않았다. 말을 하고 싶어지면 둘 중 한 사람이 이야기를 하기 때문이다.

마음 편하게 그 침묵을 즐기면서 피네는 아르를 바라보았다. 아르는 마치 어린아이처럼 싫다는 표정을 지으면서 홍차를 마시고 있었다. 그 모습은 크라이네르트 공작 가문의 저택에 찾아왔을 때 봤던 모습과는 전혀 달랐다.

그런 모습을 보니 피네는 매우 안심이 되는 것 같았다. 변하지 않았다는 생각이 들었기 때문이다. 예전에 단 한 번, 이야기를 나누었던 그때와. 아르는 기억하지 못한다. 알고 있다. 왜냐하면 피네는 베일로 얼굴을 가리고 있었기 때문이다. 피네가 창구희라 불리게 된 날에 있었던 일이었다.

처음 온 제도, 본 적도 없을 정도로 많은 사람들, 게다가 그 와중에 황제와 만난다는 긴장감. 열네 살 피네에게는 그것들이 자신의 한계치를 크게 넘어서는 것들이었다.

불안하다는 생각만 머릿속에 맴돌았고, 어지러워서 쓰러질 뻔한 피네에게 아르는 싹싹하게 말을 걸어주고 격려해 주었다. 피네는 지금 생각해보니 무책임하다는 느낌도 들었다. 피네가 맞서려 하는 그곳에서 아르는 귀찮다는 이유로 빠져나왔으니까. 하지만 그 대화를 통해 피네는 마음을 가라앉힐 수 있었다. 그리고 창구희라는 영예를 손에 넣을 수 있었다. 아르에게는 사소한 일이었을지도 모르지만, 피네에게는 정말 대단한 일이었다. 그 이후로 피네는 계속 아르를 동경했다.

그런 아르가 집에 왔을 때, 피네는 겨우 고맙다는 인사를 할 수 있을 거라 생각했다. 그래서 피네는 아르에게 '처음 뵙겠습니다'라는 말을 하지 않았다. 하지만 다시 만난 아르는 매우 화가 나 있었고, 피네는 그가 변해버렸다고 생각하며 우울해졌다. 하지만 아르가 변하지 않았다는 사실을 알게 되었다.

그날과 마찬가지로 여전히 자상한 사람이었다. 그런 아르의 비밀을 알게 되자 피네는 아버지에게 부탁했다. 아르의 곁에서 힘이 되어주고 싶다고. 발목만 잡게 될지도 모른다. 그럼에도 불구하고 피네는 아르의 곁에 있고 싶었다. 어떤 형태라도 아르의 힘이 되어주고 싶다고 생각한 것이다.

그런 생각을 하다 보니 아르는 어느새 규칙적인 숨소리를 내며 잠들어 있었다. 천진난만하게 잠든 얼굴을 보고 피네는 웃고 나서 모포를 가져와 아르에게 살며시 덮어주었다.

"당신은 기억하지 못하실지도 모르지만……."

피네는 누구도 들을 수 없을 만큼 작은 목소리로 속삭인 다음 아르의 손을 살며시 잡았다. 깨는 게 아닐까 하고 조마조마하면서 서서히 아르의 볼에 얼굴을 가져다 댔다.

그리고 살짝, 닿기만 하는 키스를 했다. 그것만으로도 피네의 얼굴은 새빨갛게 물들었다.

피네는 한동안 붉게 물든 얼굴이 원래대로 돌아오지 않을 거라 생각하면서도 열기를 어떻게든 가라앉히기 위해 놓아두었던 물을 마시고 여러 번 심호흡을 하고 나서야 아르를 보았다. 느긋하게 숨소리를 내며 자는 아르를 보고 피네는 쓴웃음을 지었다.

이 사냥꾼은 알지 못한다. 그날, 갈매기 한 마리를 쏴서 떨어뜨렸다는 사실을.

■ ■ ■

"잔드라 님. '부인'에게서 연락이 왔습니다. 슬슬 때가 되었다고

합니다.”

중년 남자가 방의 그늘진 곳에서 그렇게 보고했다. 보고를 받은 잔드라는 피처럼 붉은 와인을 마시며 그래, 그렇게 짧게 대답했다.

“전권 대사를 놓친 건 아쉽지만, 됐어. 다른 나라의 도움 따윈 필요 없으니까. 중요한 건 제도에서 얼마나 권력을 잡을 수 있느냐지. 그 쌍둥이가 다른 나라에서 열심히 인맥을 쌓는 동안, 나는 제도에서 확실한 권력을 손에 넣을 거야.”

“이제야 때가 되었군요.”

“그래. 몇 년이나 걸렸지만 이제 나도 ‘대신’ 자리를 손에 넣을 수 있게 되었어. 에리크만 독점하고 있던 중신 회의에서의 발언력을 손에 넣을 수 있다고!!”

잔드라는 그렇게 말하고 앙칼진 웃음소리를 내며 웃었다. 그 웃음은 한동안 계속 이어졌고, 만족한 그녀가 남자에게 질문했다.

“그러고 보니……, 아르노르트에게 보낸 녀석들은?”

“아무도 돌아오지 않았습니다. 아마 그 집사에게 당한 모양입니다.”

“이미 은퇴한 늙은이라고 해서 얕봤구나. 다음에 덤빌 때는 완벽한 상태에서 덤비도록 해. 그 집사는 쌍둥이 진영에서 유일한 위협이니까.”

“예전에 ‘사신’이라 불리던 전설의 암살자. 어떻게 된 건지 그자가 찌꺼기 황자의 집사를 하고 있다는 게 의아하기만 합니다.”

"돼지 목에 진주 목걸이지. 게다가 그 녀석은 암스베르그 가문 하고도 연줄이 있어. 어째서 보물은 가치를 모르는 사람 손에 넘어가는 걸까."

"언젠가는 잔드라 님의 것이 될 겁니다."

남자가 한 말을 듣고 잔드라는 기분 좋게 고개를 끄덕였다. 그래, 전부 내 것이 될 거야. 그러기 위해서 오랫동안 준비를 해 왔으니까.

"그래, 맞아. 그렇다고! 반드시 제위를 이 손으로 얻어낼 거야. 모든 것을 내 마음대로 하는 거지! 그 밉살스러운 라이벌들도 모두 목을 쳐버리고! 아……, 기대되네……."

잔드라는 그렇게 말한 다음 황홀하다는 듯이 와인을 마셨다. 이미 잔드라의 머릿속에서는 심한 고문을 당한 다음 목숨을 구걸하며 목이 날아가는 라이벌들의 모습이 떠오르고 있었다.

그렇게 제위 쟁탈전은 더욱 거칠어지게 되었다…….

처음 뵙는 분은 처음 뵙겠습니다. 오랜만에 뵙는 분은 오랜만에 뵙습니다. 탄바입니다.

이번에 『최강 찌꺼기 황자의 암약 제위 쟁탈전』을 읽어주셔서 감사합니다. 감사감격입니다.

그런 와중에 죄송합니다만, 페이지 수 관계로 제 후기를 넣어야 하게 되었습니다. 솔직히 작가의 후기가 필요하다는 생각이 들진 않습니다만, 페이지가 남아도 쓸 데가 없으니 인생에서 첫 후기에 도전하려 합니다.

뭐, 그렇다고 해서 대단한 화제는 없지만요. 그러니 찌꺼기 황자의 제작 비화라도 이야기해볼까 합니다.

저는 게임을 자주 합니다만, 함께 게임을 하는 친구들 중에는 고등학생도 몇 명 있습니다. 그들에게 생각난 설정이나 플롯을 설명하고 어떤 느낌인지 들어보는 게 제 작업의 일환인데요, 이번 찌꺼기 황자도 그렇게 시작되었습니다.

처음에는 '암약하는 황자는 어때? 강하지만 힘을 숨기고 있는 계열'이라는 느낌으로 설명했습니다. 저는 딱히 괜찮다는 생각이 없었는데, 생각했던 것보다 반응이 괜찮았기 때문에 플롯을 짜볼까 하는 마음이 들었습니다. 하지만 암약물은 쓰기 힘들단 말이죠. 게다가 힘을 숨기는 계열이라는 게 난이도를 더욱 높였습니다. 그런 부분을 고등학생들에게 말하니 '그런 걸 어떻게든 하는 게 작가의 실력 아닌가?'라는 대답을 들어버렸습니다.

그런 말까지 들었는데 할 수 없다는 게 너무 분했고, 뭐든지 도전하기 나름이라는 생각에 그대로 계속 써서 '소설가가 되자'에 투고했고, 인기를 얻었고, 편집자분 눈에 들어서 지금에 이르게 되었습니다.

그렇습니다!! 모든 것이 고등학생에서 시작된 거죠! 젊음이란 참 좋죠. 아쉬운 게 있다면 그 고등학생들 중 대부분이 찌꺼기 황자를 읽지 않는다는 점일까요. 읽지 않는다는 형태로 협력하고 있다고 합니다. 요즘 고등학생들은 말재주가 좋아서 곤란하네요.

그런 흐름으로 시작된 이 찌꺼기 황자라는 작품, '되자'에서는 많은 분들께서 읽어주셔서 이렇게 출판도 할 수 있게 되었습니다. 많은 것들을 배울 수 있었고, 자신이 성장했다는 것을 느낄 수 있었던 작품이기도 합니다. 이제 읽어주신 여러분께서 투자하신 시간과 돈에 맞는 가치가 있다고 느끼셨다면 더할 나위 없이 기쁠 것 같습니다.

마지막으로 저를 주워주신 담당 편집자 O 씨. 멋진 일러스트를 제공해주신 유우나기 씨. 격려해준 가족들. 그리고 날마다 제 이야기를 들어주는 친구들. 또, 응원해주시는 모든 분들과 이 책이 나오는데 힘써주신 많은 관계자 여러분께 진심으로 감사의 말씀을 드립니다. 감사합니다.

탄바

259

➪ 역자 후기

안녕하세요. 천선필입니다.

『최강 찌꺼기 황자의 암약 제위 쟁탈전』 1권, 재미있게 읽으셨는지 모르겠습니다.

후기를 쓸 때마다 '이번엔 무슨 이야기를 쓰지?' 같은 고민을 많이 하곤 합니다. 사실 작품을 번역하다 보면 '이번에는 이 이야기를 써야겠다'라는 아이디어가 많이 생각나는데, 번역을 마치고 나면 그 아이디어들이 어디로 갔는지 거짓말처럼 깨끗하게 사라지거든요. 그렇다고 그때마다 메모를 해두자니 정작 가장 신경써야 할 본편 번역 작업을 소홀하게 될 것 같고, 여러모로 아쉽다는 생각이 듭니다.

본편 내용은 제가 우리말로 옮기는 작업을 맡고 있긴 하지만, 작가분께서 쓰신 글이니 제 것은 아니죠. 온전히 제 글이라고 할 만한 것은 후기 정도밖에 없으니 정말 귀중한 부분이라 할 수 있을 텐데, 뭔가 재미있거나 유익한 내용을 써서 전달해드리면 좋겠지만 제 능력에 한계가 있으니 그러지 못하고, 그래서 더욱 아쉬운 것 같습니다. 그러니 최소한 감사의 말씀이나마 빼먹지 않고 드리고 싶네요.

그나마 이번 작품에서 특이하다고 느낀 점이라도 말씀드리자면, 초반에 주인공인 아르노르트와 레오의 일러스트를 양쪽에 배치해서 쌍둥이지만 다른 느낌을 최대한 살린 것, 작품 내에서 빈유 취급받는 에르나의 일러스트를 보면 딱히 빈유가 아닌 것 같다는 느낌인데도 그런 식이라 불쌍하다는 생각이 들었던 것, 크리스타가 많이 귀여웠다는 것, 실버가 아닌 다른 모험가 이야기가 나오지 않았다는 것 등이 있겠네요. 독자 여러분께서는 어떤 점에서 재미를 느끼셨는지, 또는 어떤 점이 특이하다고 느끼셨는지 궁금합니다.

이런 생각을 하면서 이번 『최강 찌꺼기 황자의 암약 제위 쟁탈전』 1권을 번역하였습니다. 매번 그랬듯이 감사의 말씀 드리고 후기를 마치려 합니다.

항상 신경을 많이 써주시는 담당 편집자분, 그리고 책을 내는 데 도움을 많이 주신 소미미디어 관계자 여러분, 그리고 가족 여러분. 감사합니다.

그 누구보다 감사드리고 싶은 분은 독자 여러분입니다. 제가 이렇게 무사히 번역을 마치고 후기를 쓸 수 있는 것도 독자 여러분 덕분이라 생각합니다. 진심으로 감사드립니다.

다시 찾아뵙게 될 때까지 행복한 하루 보내시길 바랍니다.
감사합니다.

SAIKYO DEGARASHI OJI NO ANYAKU TEII ARASOI
MUNO O ENJIRU SS RANK OJI WA KOI KEISHO SEN O KAGE KARA SHIHAI SURU
©Tanba, Yunagi 2019
First published in Japan in 2019 by KADOKAWA CORPORATION, Tokyo.
Korean translation rights arranged with KADOKAWA CORPORATION, Tokyo

최강 찌꺼기 황자의 암약 제위 쟁탈전
무능한 척 연기하는 SS랭크 황자는 황위 계승전을 남몰래 지배한다

2023년 1월 1일 1판 1쇄 발행

저 자	탄바
일러스트	유우나기
옮 긴 이	천선필
발 행 인	유재옥
본 부 장	조병권
담당편집	정지원
편집 1팀	김준균 김혜연 박소연
편집 2팀	정영길 조찬희 박치우 정지원
편집 3팀	오준영 이해빈
디 자 인	김보라 박민솔
라 이 츠	김정미 맹미영 이승희 이윤서
디 지 털	박상섭 김지연 유영준
발 행 처	(주)소미미디어
인쇄제작처	코리아피앤피
등 록	제2015-000008호
주 소	서울시 마포구 토정로 222, 403호(신수동, 한국출판콘텐츠센터)
판 매	(주)소미미디어
영 업	박종욱
마 케 팅	한민지 최원석 최정연
물 류	허석용 백철기
전 화	편집부 (070)4164-3962, 3963 기획실 (02)567-3388
	판매 및 마케팅 (070)4165-6888, Fax (02)322-7665

ISBN 979-11-384-3520-8(04830)
ISBN 979-11-384-3519-2(세트)